纸上游天下·中国当代游记精选
主编:高长梅 张 佶

XIANG DONG XIANG DA HAI

向东，向大海

龙巧玲 著

九 州 出 版 社
JIUZHOUPRESS 全国百佳图书出版单位

图书在版编目（CIP）数据

向东，向大海/ 龙巧玲著. -- 北京：九州出版社，2013.9
（2021.7 重印）

（纸上游天下：中国当代游记精选 / 高长梅，张佶主编）

ISBN 978-7-5108-2357-2

Ⅰ.①向… Ⅱ.①龙… Ⅲ.①游记 – 作品集 – 中国 – 当
代②散文集 – 中国 – 当代 Ⅳ.①I267

中国版本图书馆CIP数据核字（2013）第227700号

向东，向大海

作　　者	龙巧玲　著	
出版发行	九州出版社	
地　　址	北京市西城区阜外大街甲35 号（100037）	
发行电话	（010）68992190/3/5/6	
网　　址	www.jiuzhoupress.com	
电子信箱	jiuzhou@jiuzhoupress.com	
印　　刷	北京一鑫印务有限责任公司	
开　　本	710 毫米 × 1000 毫米　16 开	
印　　张	8	
字　　数	105 千字	
版　　次	2014 年 1 月第 1 版	
印　　次	2021 年 7 月第 6 次印刷	
书　　号	ISBN 978-7-5108-2357-2	
定　　价	36.00 元	

前言

　　仁者乐山,智者乐水。所以古今中外,无论贤人圣哲,还是白丁草民,他们在观山赏水的时候,无不从山水之中或感悟人世人生,或慨叹世事世情,或评点宇宙洪荒,于寄情山水中,抒发自己的惬意或伤感。有的徜徉于山水美景,陶醉痴迷,完全融入大自然忘记了自己;有的驻足于山川佳胜,由物及人,感叹人世间的美好或艰难。

　　一篇好的游记,不仅仅是作者对他所观的大自然的描述,那一座山,那一条河,那一棵树,那一轮月,那一潭水,那静如处子的昆虫或疾飞的小鸟,那闪电,那雷鸣,那狂风,那细雨等,无不打上作者情感或人生的烙印。或以物喜,或以物悲,见物思人,由景及人,他们都向我们传递了他们自己的思想情感。

　　一篇好的游记,它就是一帧精巧别致的山水小品,就是一幅流光溢彩的山水国画,就是一部气势恢宏的山水电影。作者笔下关于山水的一道道光，一块块色，一种种造型，一种种声音，无论美轮美奂，还是质朴稚拙，无论清新美妙，还是苍凉雄健，都让我们与作品产生强烈的共鸣，让我们在阅读中与自然亲密接触，于倾听自然中激起我们的思想波涛，与作者笔下的自然也融为一体。

　　这是一套重点为中小学生编选的游记，似乎也是我国第一套为中小学生编选的较大规模的游记丛书。我们希望这套游记能弥补中小学生较少有时间和机会亲近大自然的缺憾，通过阅读这套游记，满足自己畅游中国和世界人文或自然美景的愿望。

目录

CONTENTS

一滴漂泊　第一辑

 第二辑 西行·奔桂

 目录 CONTENTS

 2

目录
CONTENTS

三面游走

第四辑 四处遐想

目录 CONTENTS

第一辑 ∨∨∨

一滴漂泊

向东,向大海(组章)

泰安春暖

很多年之后,回忆起北道之行的点点滴滴,扑面而来的还是初到泰安的亲切和暖意。

初春,泰安火车站,从西宁至青岛的列车上,下来二十多个人。从漠北的河西走廊到胶东半岛腹地,一切都是陌生而新鲜的。

我们的团队领导把一切事宜安排得井井有条,吃住行,根本不用我们操心,只管管好自己,管好钱袋。临下车时,领导交代,四个人一组,下车后打车,去一家快捷酒店。这是还在兰州时,领导就已经联系好了的。

不敢说出门机会多,却也不是一次两次。一出远门便生出一种"卖了"的怪念,把自己卖给一张小小的车票,卖给远方,卖给陌生,卖给飘零。一张张漠然的脸,一座座冷暗的城市,由不得的惆怅!

不知是否因为山东和河西走廊同属于北方之故,虽然一个在西头,一个在东头,但想想总是在同一纬度带,就有点走亲戚的味道。

果然,从温暖的车厢下来,天气的冷暖和家乡无二,只是没有了生硬,多了柔和和湿润。

四人一组打车,给出租车司机说出酒店的名字。的哥看看我们,却没有拉客的意思,指指前面的十字路说,不用坐车,到前面十字,左拐,前行两分钟就到了。我有些诧异,发愣。的哥又重复了一遍。我只好随口说谢谢。抬眼找同伴们,同伴也离开出租车,朝我招手,说,走吧,两分钟就到了。我是个容易情绪化的人,就为的哥有钱不赚,还告诉我"两分钟就到了",就对山东泰安倍加崇敬,感动起来。

但是并不是的哥说的两分钟就到了。两分钟的路程抵达处,也是一家同名的快捷酒店,却不是我们下榻的酒店,同名的酒店有两处,我们下榻的酒店,听第一家的酒店服务员说,在这条街的另一头。

而后又步行半小时,终于到达目的地。这一处酒店虽然远些,却距离我们拜访的泰安医院近,距离前往泰山的公交车站近。

的哥是好心的。为我们联系酒店的泰安医院的领导是好心的。因而进了宾馆,房间舒适温暖,爽洁素雅,不奢华,不铺张,粉红的家饰,叫人升出家的错觉。

参观泰安医院之后是自由活动。我和同房间的小胡,约了张主任去找泰安小吃。

酒店旁边有一家名"阿喜烤肉"的烧烤店。我说进去尝尝,小胡说,就在家门口,想吃随时就进去了。还是先去找远处的。

没有目的的游游荡荡,领略泰安的气息。正值下班高峰,和每个城市一样,泰安街上穿梭着奔流的人群,行色匆匆。

虽然都属于北方,东西却有着质的不同。三月的料峭,在西北要称作"寒"、"酷",不仅坚硬,而且裹沙飞石的,都是刀枪。在泰安却俯下身子,温驯如坐骑。难道,仅仅因为东岳泰山镇守,它们就立地成佛了?

随街找了一家小吃店,卖春卷,每人尝了一个,不记得什么滋味了,犹如猪八戒吃人参果。再要吃,又怕肠胃容不了其他美食。站在大街逡巡小吃街,茫茫然不知所向。问路人,每问之处都予以详尽指点。一个送货的中年男人,把三轮车支在街边,把我们引到路口,一条街一条街,左转右转的解说具体的方位走向,小吃的名目。直到我复述一遍,确认我明白了

方向,才放心地推起他的小货车。

这是出门在外,第一次得到这样的殊遇。顺着他指的方向走,肚子越加饿了。

小吃一条街终于找到了。一路上,我向他俩诉说我第一次吃山东煎饼的经过,那是二〇〇四年春,在青岛海尔集团大门前丁字路口,一个手推车的煎饼摊,一个中年男子吆喝:"煎……饼。"我和父亲两个人,每人要了一个。他现做现卖,手推车上的小炉子,坐着一口脸盆大的平底铛,铛烧热,抹点香油,倒上面糊,用刮板刮匀了,薄薄的一层,透得见铛底的黑亮,再打一个鸡蛋,再用刮板刮匀了,烧旺火。问要卷葱吗?我吃不惯大葱的辛辣,又舍不得煎饼卷大葱的诱惑,就叫师傅切了葱花在里面。师傅还奇怪地望了我一眼。一会儿煎饼就熟了。街上人烟稀少,我和父亲就手拿煎饼,边走边吃。我挽着父亲的臂膀,父亲搂着我的肩,旁若无人。不知是饿了,还是煎饼真的很香,我不仅吃了我的,还把父亲递来的半个又吃了。

今天之所以选择步行找小吃,也是因为煎饼情结。我希望还能如二〇〇四年春天的青岛街头,忽而冒出一个手推车的煎饼摊子。这一次,我要卷着大葱吃个够。

可是小吃街没有找到煎饼,最多的是烧饼。烧饼不要,那是武大郎的。我就要我的记忆里那张一面铛,一糊面,一个蛋,刮一下,卷了葱花,和父亲互相搀扶并肩吃过的煎饼。

在小吃街吃得撑不下了,可肚子里有个旮旯还饿着。

暮色上来时,我们才游荡到酒店。我指着敞亮的玻璃橱窗透出的通明灯火对小胡说,走,去吃阿喜烤肉。小胡推了我一把说,你是去吃啊,还是看?你有地方盛吗?硬拉着我进了酒店。我嬉笑说,那可是韩国的烤肉。小胡说,明天,抽空来吃。可是终究没有进去,明天倒是有,机会却没有了。"阿喜"又成了一块心病。

泰山·俯之仰之

　　一大早天灰蒙蒙的。第一天的行程是攀登泰山,大家都很积极,早早候在酒店大厅。领导为我们临时雇了一名导游,负责去泰山全过程的旅游陪同和解说,包括往返的交通车。有领导操心,大家都没事可做,决策有决策的人,指挥有指挥的人,收钱有收钱的人,钞票一交,自己啥也不用操心。这样的旅途多么轻松幸福,许多人都在夸赞领导们的好。

　　到达泰山脚下,才晓得导游是一个小伙子,二十六岁,姓马,名卓群。神清气爽,卓尔不群。看了一眼他的工作牌,岗位级别是初级。

　　昨晚有些人就在为步行攀登还是坐索道上山议论。马主任因为腿脚不便,留在酒店,其余人商定,还是步行上山。我以为马导游看到我们一大半的中老年人,一定会如前不久去九寨沟的导游一样,言过其实,恫吓引诱,竭力推崇我们坐索道缆车上山。因为每张索道缆车门票,要给导游一定的提成。但马导游却只是象征性地针对几个老年人讲了讲坐缆车的必要。他们说不坐,马导游也不多说什么。

　　山门口的广场象征天圆地方,两边各立六根龙柱,共十二根。马卓群说,这十二根龙柱各代表了中国几千年来有代表性、有资格的十二位皇帝。只有享有历史盛誉,英武盖世的皇帝,譬如,秦皇汉武,譬如唐宗宋祖……才可为他们立一柱丰碑。只是我心里一直疑惑,为什么不多不少是十二根呢?中国人,尤其皇帝,不是尊崇九五之尊吗?十二,蕴含了什么意义?

　　乘观光车到中天门。由中天门上山。我有晕车的毛病,晕车后的胃肠道反应,上吐下泻,下车就去找卫生间。等我从卫生间出来,停车场空无一人。打电话一问,他们已上山了。匆匆忙忙向山上急奔,竟连中天门的模样都没来得及看上一眼。

中天门有缆车,有几个年岁大点的女同志和几位院领导去坐缆车,马卓群陪同。马卓群劝另几个年岁大的人也坐缆车。他说,泰山不高,但只有一条路,直上直下,中途没有休息场所,只能上到山顶才得以缓歇,不像其他山,走一段,有歇脚地。登泰山,最能考验人的意志。他们便有些犹豫,却经不住年轻人的煽动,终于买了一根拐杖,随着大队伍攀登上山。郑主任喊得最凶,他是最年轻的,身体也是最棒的,不要说登泰山,我看他登珠穆朗玛,精力都绰绰有余,不一会儿就把众人扔出很远,连他煽动起来一起登山的老弱病残也不顾了。大家开始还扶老携幼互相照顾,等到了险峻地段,自己也顾不得自己了,哪有照顾别人的精力?但老年人也没有要依赖谁的样子,步履虽然慢,慢的有功夫。不急不缓,走走歇歇,虽然走在大队伍的后面,也显出不到泰山非好汉的豪气。登泰山,实在是对这几位老弱病残的严峻考验。

泰山,和北方的山没有本质的区别,巨石林立,雄浑强健,纹理粗重,和北方男人一样硬气豪悍。泰山海拔一千五百四十米,比起我们河西走廊的家,一千五百四十米,并不高。山丹县城的海拔是一千七百九十米,周遭的山地都在两千米以上。每年都要爬几次的焉支山,海拔也在三千米。张主任开玩笑说,我家的床比泰山还高,睡在我家床上,不是天天爬泰山吗?

泰山不高,却尊为五岳之首。如马卓群所说,泰山在五岳中算不得最高,算不得最大,算不得最险,却为何冠以"五岳之首"?

"十八盘"至南天门的路段最为险要,两三个台阶的距离,后面人伸手差不多就要够着前面人的脚了。石阶窄,脚大的人,只盛得下半个脚丫,逼得你不得不向前,向前。石阶一边是峭壁,一边是悬崖,好在石阶两边有半腰高的矮墙,个别路段内还加了一道铁管扶手,不仅能借力攀爬,还可以倚着略作休息。大约是这两道倚靠的屏障存在,石阶靠扶手的边道,竟然比中间部分薄了几分!

登山路上见一个外国青年在石阶外峭壁的一处窄地,趴在一块石头上记日记。他满含笑意望着我们,当然还之以礼,微笑,招手,尽主人之意。从后面窜过一阵风,竟然又是一位外国青年,不带背包,却用一根树枝挑着鞋子,鞋子里各装一瓶水,赤脚,旁若无人,也不避上下山的人,就在人群里疾奔,像一支突然的暗箭,行人老远就避让。虽然他们和我们都是泰山的客人,但客人也要分生熟,站到中国大地上,一样的黄皮肤黑眼睛中国话,就把黄头发蓝眼睛外国话分明了,黄豆黑豆一看就知道。到底是在自己家里,看他们的眼神就得意了几分。想想一百多年前洋人在中国的跋扈,因为国力衰弱。现在,中国人民可不是好惹的!纵然霸权们在门户外垂涎三尺,虎视眈眈。倘你是客人,热情欢迎,祖国的壮美山河,来者不拒。若他不做客人做豺狼,则迎头痛击!

　　常有挑夫上山下山。或两个,或单匹,或挑或扛,肩背上是比他们身体重量和体积大几倍、十几倍的货物:钢化玻璃、钢架、桌椅、水果、方便面、大纸箱……衣衫旧,汗渍斑驳,失了颜色。单匹挑夫老,更瘦、衣衫更旧,背着货物,脊背弯成一张弓,虾一样。双人挑夫年轻强壮些,但肩上的重量和体积是单匹挑夫的若干倍。远远望去,只看见一团庞大的货物摆着"之"字蠕动。他们是从中天门起步,一路不得停歇向南天门、玉皇顶进发,或者从山顶向山下搬运。他们各挑着货物的一头,两人间的距离,就是货物的宽度,刚好是石阶路的宽度范围内,容两个游客的身体空隙,以避让。货物多是不易搁置,一旦搁置就不能挑起的,诸如玻璃、钢架。他们是从出发开始就把货物捆扎好的,出发开始就没有给自己途中休息的机会,他们只能一口气从山下扛到山顶,从山顶扛到山下。步履沉重,缓慢。哪里去找一步一个脚印?看泰山的挑夫就知道。两个人,个头一般高,步幅一般大,紧抿着嘴巴,眼瞅着一阶一阶石梯,动作划一,节律一致。一边甩着左手,一边甩着右手,就连甩手的姿势和幅度也是一样的。默契,恍然叫人觉得两个身体就是一个人身体的左半和右半。这得多少

磨合才能得来的紧密默契啊！他们从我身边走过,我听得见脚步踏在石阶上"噗、噗"的声音,一下,一下,实实在在敲击着泰山。一股震颤从我的脚底上传来,好像是石阶不堪重负的一声声"喊"。游客驻足,侧立在石阶两旁,默默给这对挑夫让路。他们的脸上,是重负下的凝重、疲惫、坚忍、无畏。强壮的挑夫,要度过多少漫长的日月,走过多少往返的石阶,在凝重、疲累、坚忍里慢慢变老,慢慢枯萎。老到没人搭伴的时候,那个虾一样弓着腰顶着货物上山的老挑夫,就是他呀。

三月的北方,春寒料峭,连天的衰草,没有风,却兀自在颤抖。

一路上都是文人墨客、帝王将相的诗词墨宝,数不胜数。马卓群说,很多刻字,已经是把旧字磨平又刻上去的新字,山势磅礴。有一崖体参差嵯峨伸向半空,仰望,猛然看见绝壁上刻了磨,磨了刻,只要是能刻字的石头,层层叠叠,不知刻了多少。

我在升仙坊前小憩。两侧绝壁怪石嶙峋,威俊嵯峨像仰天长啸的猛虎,顿时心生畏骇,方觉泰山的威严,渗透到了每寸光阴每寸土地。头上是云遮雾罩的南天门、玉皇顶,是天界。脚下是匍匐攀爬如蚁的众生,从低处一步一步登高。更高的高处,谁在天上？过了升仙坊,真的能升仙吗？峭壁上旁逸斜出一棵迎客松,仿佛谁成仙后丢弃在石缝里的拐杖。

古往今来,多少权贵,多少墨客,在泰山留下多少诗词赋文,刻下多少笔墨。俯之仰之,我不敢拿任何词语描写泰山。那从每寸石头纹理中透出的雄伟和霸气,不是横竖撇捺折的汉字能简单表述的。泰山体透着男人的阳刚之美,象征着权利、威严,唯我独尊。是唯一将王权、儒权集于一体的象征体。面对漫山遍野的石刻,仿佛行进在中国两千多年王权统治和儒教一统之中。这只能在泰山之上,一步一步向天攀登,在汗水,在精疲力竭的攀爬中,细细品哑。

终于到了南天门。进了南天门,就算上天了。南天门,中国传统神话故事里天宫的大门,岂是随随便便进来的？怎么没有把守南天门的天将？他们下班了？还是公休了？若在皇权统治的封建王朝，是万万不能的，天兵天将最是恪尽职守，上天的大门只许玉帝王母皇权贵族和神仙出入，凡间的百姓连门槛都靠近不得。幸亏压在人民头上的三座大山被推翻，民主、民生让中国的老百姓也能上天，做一回神仙。就连那皇权象征的紫禁城，百年前，莫说普通百姓，一般官员都出入不得，但凡沾了皇亲国戚的边，就是升天的鸡犬，都是进了大观园的刘姥姥，见了天，几辈子的荣耀。连那皇宫的苍蝇老鼠也认为沾了皇气，鼻孔朝天，连祖宗都认不得了。如今，皇宫大院，人人都可以进得，那所谓的龙袍谁想穿就穿，众生平等。江山不是谁家祖祖辈辈的独霸私产，是大众的。

往前再走，一条街热闹非凡。一边是林立的商铺，一边是矮墙外的悬崖。一道石牌坊，刻着"天街"。走进石牌坊的天街，就是神仙了。"神游神游，天街走一走，活到九十九。"我们和最后爬上山顶精疲力竭的老主任开玩笑。泰山于一九八七年被列入世界自然文化遗产名录，泰山顶上，有泰山世界自然文化遗产的石刻标志。

在天庭回望来路，莽莽苍苍，天地都是一个颜色的苍灰，混沌一片。一座山头隐匿在云雾中。不知谁脱口说："瞧！望夫山。"立即有人反驳说，什么望夫山，那是帝王山，没看见上面的石刻吗？"气通帝座！"谁要是在那块石头上面落座，当不了皇帝也是将相。

在岱顶，马卓群说，历史上，先后有十二位皇帝来泰山封禅。我才知道，泰山脚下天圆地方的广场里矗立的十二根龙柱的含义了。帝王，将相。累累白骨堆积的殿堂。泰山之巅的无字碑，千百年无字无声地诉说。秦始皇也罢，汉武帝也罢，帝王将相都做了古，每天，是一个个挑夫，肩挑背扛，把泰山从远古挑到今天。

"望吴圣绩"，荒草疏影间飘忽的，是孔子的一匹马和一匹布。"山高望远，风景无限。""孔登岩"，如果真是孔子一只脚印的化石，那就踩踩吧，以圣人的灵气，荡涤心灵。来来往往，都是陌路过客。古人来了走了，

第一辑

一滴漂泊

今人又来了,又要走,石头上刻着多少人的不朽,多少人的骨头却早化成了灰。天地之间,泰山之上,多少魂魄在石头里张望,叹息!

下山的路上,我默默捡起一块石头。"他山之石,可以攻玉。"这是泰山石,是传说能辟灾驱邪的石敢当,是三千里路云和月的木鱼钟声。

青岛道

在淄博吃中午饭的时候,领导们忙着安排部署之后的行程和旅游路线,联系旅行社,和旅行社讨价,签订合同。

我们是昨夜从泰山赶到淄博的,在淄博住了一夜,今早参观医院,下午赶到青岛。离开淄博后的行程安排都交给了旅行社,领导们忙着和旅行社谈判,中午饭也没吃。签完合同就要开车走了。张丽芬拉着我去找附近的餐馆,为给我们服务顾不上吃饭的两位领导买饺子。饺子买来领导还在和旅行社的人谈另一些细枝末节。比如,联系到北京后,从北京到兰州的飞机航班。我们出来的时间是有规定的,必须在规定的时间内回去。

等他们谈完,饺子都凉了,又顾不得吃,就上车出发了,旅行社的时间安排得很紧,他们只好在中巴车上吃凉饺子,也不知够不够。

赶到青岛已是黄昏,在海滨大道,扑面而来的海风和初春的寒意没能冷却我们的热情。五四广场的火炬雕塑在夕阳里熊熊燃烧,迎面突然来了两个奇装异服戴面具的家伙,一个是蜘蛛侠打扮,一个是西部独侠客,大喝一声,摆了很酷的造型,挡住去路。同行的人吓了一跳,慌忙绕开疾走。我知道他们是干什么的,西部独侠说道,美女,合张影留念? 我笑着摇头说,谢谢啦,不要。即走开。走远了,同伴说我,怎么和他们打招呼啊? 小心上当。我说咱们这么多人怕他什么?

青岛来过一次。二○○四年的春天,我和父亲两人撇开旅游团,在青岛街道走了一天,从老城走到新城。青岛和其他沿海城市一样,异国气息很重,青岛似乎更浓。依山势而建的老城里,俄国的,德国的,日本的,各国建筑比比皆是,八大关更是号称"万国建筑展览馆"。而围绕海滨大道而建的新城,则脱胎换骨,是另一番气象,是青岛作为海滨名城的标志。青岛人很会享受,它的东方是一望无际的海洋,海洋的那端是国门之外的世界,也许是门户的原因,青岛人的生活和思维和山东内地的人有着质的区别。青岛是开放的,也是超前的,现代的。

第二天去老人山。行程本来是去崂山的,可当地导游说崂山还没有解除封山,就去老人山。

老人山有一个传说——"石老人的传说"。说是大海边有父女两人靠打鱼为生,女儿善良美丽,被海龙王相中,要娶她为妻,女儿不从,海龙王便抢占了去。有一天女儿趁龙王不备,逃了回来,龙王大怒,掀起万丈巨浪,要淹没他们的村庄,条件是只要老人的女儿嫁他为妻,就饶过村里的百姓。女儿为了全村人的安危,答应了龙王,也提出条件,每月望月日,允许她晚上升出水面,和父亲和乡亲们见面。龙王答应了。于是,每月望月的夜晚,女儿浮出水面和家人短暂地相聚。女儿走了,老人夜夜在海边瞭望思念在深海的女儿,一天一天,一年一年,老人坐化成了一块石头,石头一天天长大,长成一座山,遥遥望着深海。而女儿也因为思念父亲,在一个月圆之夜,变成一块礁石,与老人山遥遥相望。

老人山上有一块巨石,写着硕大的"天街",转而上山的一座牌坊写着"渡仙坊",山上还有一座"会仙亭"。从泰山到老人山,看得最多的是"天"和"仙"。也许是没有海拔的缘故吗?只要有一点高度,就视为登峰造极,上了天,成了仙。我突然想起《西游记》里孙猴子崂山拜师的故事。猴子上了一次崂山就觉得崂山最高,学到了天下第一的本事。最多又上了一回泰山的南天门,在玉皇宫大闹了一番,又觉得天就泰山顶那么大。如此一见,便明白为什么孙猴子跳不出如来的掌心,五指山五百年修

行,他还没能明白道理,所以慈悲的佛祖指给他西行取经的道路。

匆匆忙忙地上山,俯瞰之下,才发现"渡仙坊"牌坊前的水池,竟是一幅太极图。相传老子出关前写下了《道德经》,谁也不知道,老子出关云游到了哪里。老人山途中,常遇见飘着小髯的青衣道士。因为是初冬,树木还是萧疏的模样,白苍苍的天,白苍苍的石头,衬着那一身黑,远远望见,以为一只觅食的黑鸦。

有雾,天空和大海没有界限,苍茫里,太阳像一条跳跃飞腾的鱼。

威海卫

因为赶时间,每次都是黄昏时分到达新的目的地。离开青岛奔向威海,好像我们是刻意送太阳回家的,大巴像夸父,追着太阳走,眼睁睁看着夕阳滑进威海的楼群,没入地平线。

入住的宾馆离市区很远,走了很长的路,下榻后才发觉,宾馆在海边。

因为靠海,风很大,很冷。我的房间临海,床靠窗户,玻璃窗外灰蓝的天空下是灰蓝的大海,分不清天空和大海,天地只是一团灰蒙蒙混沌的雾,潮湿,冰冷。虽然如此,还是按捺不住对大海的热望,穿过沙滩的尼龙网,来到大海边。几天了,天天看着大海,乘着游轮遨游在海上看风景,却一刻也不曾亲临大海。现在,大海就在我面前,这无边际的苍茫,这不由人的惆怅! 海浪赶着海浪,扑打着沙滩,潮来了,汹涌的海水吞没了海岸,潮退了,大海抹平了沙滩上的坑坑洼洼,好像从来也没有什么动过这片海滩。如果,明天一如这新涌来的潮,如果,每天都如大海的潮,每天都能抹平昨日的伤痕,人生该有多么的美好!

更远处是暮色,追赶着海浪,越来越近。寒冷也越来越侵骨。

夜晚的大海,黑的真纯粹。

威海澄静安宁的早晨,呼吸着略带腥咸微凉的海风,在中巴车上浏览威海城市的美丽。沐浴在霞光之中的威海，多像一朵露水芙蓉。可是如果不打开历史的扉页，谁能想到这朵清荷是扎在累累白骨和稠浓的血海之中的呢？刘公岛"国殇·1894——1895""甲午战争"的阴影，比初春的寒意更料峭，剜骨的刺疼。

"七子之歌"忧伤地流淌，海事展览馆里"甲午战争"废弃的钢船铁炮在昏暗的灯光里如被钳制的鬼魅。那些制造了战争的魔鬼，打开了魔瓶，魔鬼和魔鬼的勾结，制造了屠杀人类的惨剧。

够了！够了！结束吧！结束吧！请拉上帷幕，让历史就此谢幕，让甲午的风云凝滞在一八九四。让炮声、呐喊声、沉船声、劝降声、宁死不屈声、破釜沉舟声；让刀光、让剑影、让投井的妇孺、让含冤愤死的将士们……请你们的灵魂安歇！历史已经走的很远很远，所有的伤痛埋的很深很深。这是一百多年后崛起的新中国，新世纪繁荣富强国力强大的中国，是扬眉吐气凛然不可侵犯的中国。请你们从大海深处走上来，仰头挺胸，做一回真正的中国人！

春天来了，新的一天来了。霞光铺在海上，多像你们的脸庞；海浪轻轻，是你们把祝愿托向远方。如果一场血屠能换来世界的和平，一八九五年沉没在黄海、血染威海的苍生啊，你们都是再世的佛陀！

来吧，一切爱好和平的朋友，请到威海来，请驻足刘公岛，站在"甲午战争"的伤疤上，一起把和平捧进世界每一寸土地。

蓬莱仙

到蓬莱才算是把刘公岛国殇的沉重卸下。

晚饭后天已黑了。有人嚷嚷，天天在海边，还没吃到海鲜，算什么？于是三五人一伙，打车去吃海鲜。蓬莱当地人说，市里的海鲜餐馆很贵，有一处地方有专卖海鲜的小餐馆，又便宜又实惠，他们当地人常去那里吃。

第一辑 一滴漂泊

有人疑惧,又是黑夜,怕上当,不去。蓬莱的出租车不贵,四元起价,我们给他十块钱,带我们去当地的海鲜小吃街。司机是个中年人,他说海鲜小吃街其实就是附近的渔村,村里人自产的海鲜,又新鲜,又便宜,还实惠。

以前也吃过一点海鲜,但那都是作假装秀的。到了渔村海鲜餐馆,才见识了真正意义的海鲜。各种盆里盛着叫不上名字的海鲜,带壳的,牡蛎、海螺、海瓜子等,不带壳的,看上去就一团软肉,在盆里蠕动,特别是一种叫海肠子的,火腿肠般大小,肉粉色,在水盆里没头没脑地乱窜,我的胃里就涌动起一股不好的滋味来。别的,再也不敢看,更不敢问,逃一样钻进包厢。这里做海鲜不论斤,论盆,一盆一份。就像山丹夜市卖田螺的,一小盆一份。当然,论斤卖,顾客是吃亏的,海螺的壳好重的。一盆的分量刚好一盘,店家是算好了的。

其实海鲜并不怎么好吃。吃惯了山药蛋白菜面条的西北人,海鲜再美也仅仅是吃吃新鲜。不吃不知道,吃一次真的就够了。诚如的哥和路人所说,渔村餐馆的海鲜真是很便宜。端上来一盘,吃完还是一盘,海鲜肉都在壳里,壳当然是如数奉还给店家了。一大桌子杯盘,一百多块钱,真的很划算。

吃到中途又有人打电话问我们的所在,没多久,又有人打车寻来,又坐了一桌。

回去大肆宣扬海鲜的美味,蛰居在宾馆的人咽着唾沫睡了。次日,从蓬莱阁回来,在旅游团指定的餐馆吃完午饭,没吃到海鲜的人,又在餐馆里要了几份海鲜,到底不如我们在渔村的丰盛,只那一盘海瓜子,比较有味,拿牙签慢慢掏了吃,很耐心地掏,还要得窍,不然气都吃出来了,还吃不到几粒。海鲜是填不饱肚子的,不时还有沙子磕到牙,"呀呀,呸呸"的吐。有人说,做海鲜是不清洗的,从水盆里捞出来就进锅。我的胃里就开始涌动,昨晚和今天进到胃肠里的东西都爬着食管要翻出来。旁边站的几个女的也一样,也强忍着。看我们神情都不对了,他又说,海鲜是海水里的，本来就干净，把他们放进淡水里，他们自己就会吐出沙子，就等于自净了。哪有吃海鲜吃不出沙子的？吃到沙子越多，海鲜越新鲜，吃不出沙子的就不是真正的海鲜。为了证明他的说法，我从餐馆里偷了几个海螺，晚上到宾馆把它们放进水杯里，放了自来水，不一会儿，果然杯底有沙子。才对肚子里的东西放下心来。

蓬莱是神话中神仙的居所，"八仙过海"的传说，便源于此。导游说，"八仙过海"的传说来源于一个真实的故事。很远的海岛上有一座监狱，关押着一批死囚犯，因为海啸侵袭，海岛有可能被淹没。监狱长离开时，对这些死囚犯说，如果不放了你们，你们就会葬身海啸，现在我放了你们，如果你们葬身大海，就是上帝对你们的罪行该有的惩罚。如果你们能活着，也是上帝的旨意。这些死囚犯在大海里漂游，大多死了，最终有八个人游到了蓬莱岛，被当地的渔民搭救。后来的故事被后人渐渐渲染演绎，人类战胜大自然的见证，变成了八仙过海的传说。海滨广场有一座汉白玉石雕，姿态是神话里神仙的模样，在碧蓝的大海的背景下，更多了仙风和飘逸。

蓬莱阁坐落在蓬莱市北濒海的丹崖山上。始建于北宋嘉祐六年（一〇六一），与黄鹤楼、岳阳楼、滕王阁并称为"中国四大名楼"。站在阁东的蓬莱水城远眺，云拥浪托的蓬莱阁，真如那山门牌坊上写的"人间仙境"一般仙逸。它是由蓬莱阁、天后宫、龙五宫、吕祖殿、三清殿、弥陀寺六大单体及其附属建筑组成的规模宏大的古建筑群，蓬莱还是我国最早的古代军港之一。

海风很大，很冷，太阳高照，没有热度。海风吹乱了头发，像蓬莱岛上在海风里瑟缩的松柏。从高原到大海，从山文化到海文化，猛然的过渡，叫人的心理还不能适应。靠天吃饭的人拜的是土地神，靠海吃饭的人拜的是妈祖神。渔民出海打鱼都要拜妈祖，放鞭炮。就和我们家乡出门打工要拜祭神灵，放鞭炮一样，祈求平安，祈求丰收。在炮台观海时，山崖下的海边屿角，正巧有出海的渔家，噼噼啪啪的鞭炮声，引得我们驻足观望。

我不禁要问,这样大的海风,渔家还要出海,不能等到风平浪息吗?王主任接上话笑着说,你以为是在办公室里打鱼吗?这样的风浪算是小的,在海边,天天要等风平浪静,渔家不是要被饿死了?唉!常说农民苦,面朝黄土背朝天,靠天吃饭。哪知渔民也苦,天天风里来浪里去,靠海吃饭,命是攥在大海里的。天底下,总是平常百姓是最苦的。

阁西田横山又称登州岬,是黄渤海分界线的南端起点,相传为田横五百壮士筑营扎寨之处。但我们到不了那里。远远能看见黄渤海的分界线,内里黄浑,外边青蓝。因为一个是内海,一个是外海,内海河水多,较淡;外海通大洋,较咸。还可以罗列许多不同,众人说词,嘈嘈杂杂,有一些听不清了。我略有些失望,为什么黄渤海的分界是这样的呢?在我的想象中,黄渤海的分界应该是切西瓜似的纵向剖开,南北极似的相对立,泾河渭河一样同时两股海流注入大洋的。却是环绕着陆地划开了一道一道弧线,有些晕染和涟漪的意思。可这样一来,我就生出幻想,也许,那清浊分界线的那一边,青蓝的梦幻里就是神仙的地界。

蓬莱的海滩是最真实的,自然天成,是平民阶级的。不像青岛的海滨浴场,建筑的痕迹让海滩很城市化,是中产以上阶级的。

从高原到大海,从两千多米到海平面,也算是一次飞翔和降落。只是省略了跳伞的过程。就当是一次降落吧,在苍茫的海上,就当我是一只翩然而至的蝴蝶,狂喜而热烈。我追着波浪跑,浪进我退,浪退我追,有时候我比波浪跑得快,踩着它的尾巴了,可很快它追上来,我追它多近,它迫我多紧,往往这时候,它就扑上我的脚踝,把我的鞋当作船来覆,带有毁灭的性质。我又想起神话故事里溺死在东海里的太阳神的女儿,精卫。只我一个人玩,他们在高处喊:"看,看,被水淹了,糟蹋了鞋。"下午到烟台我的裤脚和登山鞋鞋面就析出一层薄薄的盐。

内陆来的人在海滩当然要拾贝壳了。海浪一推一推,就有新的贝壳海螺上岸。内科的薛主任喊:"给我些,带回去给我儿子玩。老龙,给我些。"他来要，专问我要，我就给他了。有几个人在偷偷笑，我知道他们在笑我和老薛曾经的过节。我早不在乎了。既然老薛肯低下脸来和好，我何必那么小气。再说，那场玩笑引起的不快，已经是好几年前的事了。很多时候我忘记了，老薛却一直记着，他老觉得歉疚，又抹不开面子和我说和。这一喊，就把隔阂切除了。

捡了贝壳到宾馆，和小胡说起儿子。她的儿子小，一听电话里给他捡了贝壳，便吵嚷要一个大大的海螺。小胡第二天特意去买了一个。我想起儿子一岁多带他去青海湖玩，他坐在正午的沙砾上，一个人自得其乐捧着沙砾玩，小手兜也兜不住，把沙砾扬的满头满脸，却呵呵笑着，抱也抱不走。现在我把真正的海音带给他，他还记得他儿时的梦吗？

回到家，岂料一米八个头的儿子，早错过了海螺季节。我失望地要扔，儿子却说，留着吧，扔了你伤心。哼！不扔我才伤心！后来给了老郭的小女儿彬彬，三岁。如获至宝，晚上全部摆在床上不让老郭收拾，说要搂着贝壳海螺，就能在大海里睡觉了。我的心情才好了。

烟台偶遇

今天是在山东大地最后的一天，折转烟台，要坐船去大连。太过紧张的时间和空间，我一时糊涂了，大连和威海、青岛不是同一省份，更不属于同一个半岛，一个属辽东半岛，一个属胶东半岛。这是回家后看了地图才清晰的。不搬照地图，我绝对要迷失方向。这样的时候我脑子不够用。

烟台海滨广场慵懒地晒在下午的日光里。受了这慵懒的感染，我们也懒懒地徜徉在广场，享受毫无牵挂没有丝毫压力的神游。广场里有雕塑，海狮、海豹……和真的似的，做着各种顽皮的动作，好像又在海洋世界的动物表演台上，只是，它们是凝固了的表演。我给同伴们照相，小胡很会摆造型，人漂亮，年轻，上照片很好看，我就多多给她照。草坪一角有一

个小男孩的塑像,很顽皮的姿势,她便和塑像嬉闹,做着和塑像相照应的顽皮姿态,我便给她照,到了照片里更形象了,有点不真的就是,塑像中的男孩衣服的颜色是黄铜色,如果它再穿上衣服,就是活生生在淘气的姐弟俩。张主任也懒散着,没了单位里的严肃,在相机里,歪戴帽子斜挎包,一副二流子的纨绔样。三两个成群,说笑着,亲密无间。从街角的小吃店买来零食,大家旁若无人地一边闲逛,一边吃零食。散散淡淡的,如果在家乡的大街,谁也不会有这副吃相和懒散,都是一本正经,端出淑女的架子,哪里有这般地不成体统。可如此,人们又是何等的愉悦和放松。这样的闲淡,是多么的可遇不可求。平日在单位里,大家紧绷着一张脸,怀揣精明,都是竞争对手,出来的这些天,好像都成了亲骨肉,都是兄弟姐妹,是一家人。盼望这样的日子多一些,幸福就能长久一些。

更多的时候,我凭栏看海,看天一样大的蓝丝绸飘荡,飞起飞落的海鸥像是动感的苏州刺绣。天天看,看不厌,就像看家乡的大草原,总也看不够。大海和草原的不同是,草原是凝止的波浪,大海是涌动的苍茫。在不同的苍茫里,我的心始终是一种没有方向的流浪,一滴漂泊的大海。海鸥唳叫,叫声心碎。常常在面对空茫的时候,心中突然升起无边的空茫。

有人放风筝。风筝很高,像一只船儿在更远的大海上漂泊。一个小女孩稚气的叫声,牵我回头。我失声叫起来,竟然是从兰州上火车时遇到的四号车厢里来自嘉峪关的一家人,是他们带着小女儿放风筝。他们是来烟台度假的。两岁多的小女孩早已不记得我了。在火车上的时候总黏在我身上,她妈妈抱她也不走,我说了句给阿姨做女儿的话,她便当真了,我教她什么,她便做什么,娇憨的样子,可爱极了。这会儿,小女孩手指着风筝,跳跳闹闹,热切地给我说话,却因为一些言语的欠缺表达不出内心想法,着急地又是比画,又是跺脚。回家后的一两年,我还记得他们,人生有几次这样的相逢呢? 也许,在不远的远处,还有一些注定的,不知不觉的相逢等着我们,我们自己却不知道。

晚上坐客轮去大连。"渤海二号"豪华巨轮上,我们眼睁睁看着,底舱打开,铁轨铺展,火车一样的货物车厢徐徐驶进舱内,而在甲板之上,还有三层客舱。惊叹声里,时间慢慢被黑暗吞噬,直到登上甲板的那一瞬,我还在幻想电影《泰坦尼克号》里两主人公船头飞翔的画面。晚上九点的船次,等我们登上轮船,天已黑透。灯光的昏黄拍打着海浪,是作别的时候了,再见!烟台。再见!山东。港口码头的灯光渐渐远离,在巨大的黑里,不过是一个小小的伤口,越来越浓的夜,会慢慢将它缝合治愈。

海风很大,冷和黑合拢在一起,力量更加强大不可违拒,将甲板上体验第一次航海旅行的我们扫进船舱。没有能体会离开海港,被大陆游离的那一瞬间的感伤。其实也没有什么感伤的,电影镜头里见的多了,不自主涌上的情愫,都是虚伪的感性思维作祟的心境。新鲜感带来的兴奋,让我无法安然待在船舱,在客轮蹿上蹿下,房前屋后查看。我们是三等舱,还有二等舱、头等舱、豪华舱。除了三等舱,其他都没有进去,不能进去。还有舞厅、餐厅、酒吧、洗浴中心、会客中心,还有为乒乓冠军王楠举行过婚礼的厅堂。只要陆地上的娱乐,客轮里都有。比起那一次长江的游轮,那只不过是一只漂浮的火柴盒而已。最后我找到了观景厅,闯了进去。我吓了一跳,里面的人也一愣,盯着我的突兀,好像我是一棵突然长出的外星植物。可是我已经进来了,就不能退出去,观景厅又没有写恋爱中人专用,单身莫入。我双脚互相拌着走到舱边,撩起窗户的纱幔,竭力把心思和精力集中到窗户之外的大海。可除了黑还是黑。大海上的黑,和陆地截然不同,陆地上有比夜的黑更黑的东西,大海没有,大海的黑很彻底,很坦然,很实在。天上一颗星星也没有,阴沉和黑夜叠加起来,重重地压在心上,有些喘不过气来。有著作说,每个人都有自己的气场,当一个环境里相同气场的人多了,便形成一个巨大的磁场,如果和这个气场相悖的人进到这个气场环境,已经形成的气场会形成强烈的排斥力。我想我现在就是一个侵入者,被强烈的排斥力推出观景厅。

凌晨四点就起床准备下船,我头底下枕着《海子的诗》,可连与大海相关的梦都没有一个。如果是白天多好啊!做做白日梦,看得见的航海梦。

风雨大连

从客轮挤出的一团一团的黑,塞进一辆大巴,大巴又冲进更巨大的黑。大连给我的第一印象,就是一口巨大的铁锅,煮着一锅黑。

早晨是大连导游用麦克喊醒的。可是车窗外的大连还睡意蒙眬,灰懒,倦怠,厚厚的雾里裹挟着敲碎寂静的声音,好像一个深睡的人打着浓重的鼾声。车窗上蒙了一层厚厚的雾气,很多人闭着眼睛延续昨夜的睡眠。车停了,有人随着导游有些惑众的介绍下车,还来不及看这辽东半岛著名的海滨城市第二眼,就打着战跳上车来。车上的人急急地喊,关上车门,热气散跑了。

奔波了几天,也不是饶人的年岁,劳累抽走了人们的精气神,天气也好像故意的,雪上加霜,下雨了。玻璃窗外,那么多的雨点想要挤进来,好像走丢了的同伴找到了家,急切地敲门。

大连只停留一个白天的时间,晚上就要乘火车去北京。这一天,大连是大巴上的大连,车窗外的大连。大巴是我们在大连的家,另一艘渡轮载着漂泊。

海边到处是港口,那么多的口岸,很多年前,很多入侵者,就是从这些口岸堂而皇之登堂入室,肢解了我们的祖国。和威海、和其他被侵略者践踏的城市一样,大连也是伤痕累累。城市的繁华掩饰了昔日的沧桑,却无法阻止大地无声地诉说。

按行程要登上游轮去海上远眺旅顺军港。风雨里,又一次穿上救生衣下海。和青岛不同,青岛的游轮带着我们浏览城市风景,大连则让我们领略大海的汹涌和恐惧。风大,浪高,雨急,游轮像是被抛进一条急流的树叶,颠簸,迷乱。沿途是渔民的海田,渔标像一道道跑道,划着各自的分界线。渔标迅速被甩远,渐渐行至深海,一尊黑黢黢的铁塔矗立在海中,是一百年前俄国修建的航灯塔。现在,它是一个见证。人家的一根锈蚀的针,戳在我们祖国母亲的肺叶上。一百多年前,侵略者的坚船利炮,商贾航船日日夜夜挤压着母亲,她不能呼吸,不能呐喊,默默被凌辱,坚忍而无奈。我受难的母亲!我多想俯下身子,亲亲母亲的伤口,抚抚母亲结痂的疤痕。血在我的身体里滚烫燃烧,灼伤每一根神经。

再往前,海轮停歇。前方海上横卧着一条青龙,那就是旅顺军港了。雨雾更猛地包围了海轮,噼噼啪啪的声响,好像密集的枪弹。海浪像是从海底掀起的一条凶猛的尾巴,猛烈地扑打船身。海轮像一个失重的醉汉,船身剧烈颠簸,游轮里的人随着颠簸摇摆斜晃,有人呕吐,有人失声大叫,惊慌失措地互相揪住胳膊。玻璃窗外,大海变成一头邪恶的巨兽咆哮着,一个更大的浪头呼啸而来,我眼睁睁看着它张牙舞爪重重压向游轮,浪花像锋利的牙齿,咬住船身,玻璃窗发出碎裂前的呻吟。我绝望地闭上眼睛,仿佛那头巨浪伸进游轮,已经摄走了我的魂。海轮不得已掉头回返,马达轰响,狼狈逃窜,才算躲过了这灭顶之灾。

扑朔迷离的灯火繁星一样点缀着大连。繁华暂时掩饰了白天的噩梦,暂时忘记了这个城市曾经沦陷了近半个世纪。夜色是个好东西,离开大连的那一刻,再回首一眼灯火阑珊的大连,突然生出一星留恋。大连的星空很美,月亮不知躲在哪里,穹窿之上,星光灿烂,闪闪烁烁,真像一口巨大的铁锅煮着一锅星星。

汽笛鸣响,开往北京的列车徐徐开动。那一刻,我揪紧的心,慢慢撑开一道裂缝。火车,火车,带我去北京。那是母亲的怀抱,那是安详的摇篮,那是刮骨疗伤的地方,那是空茫的尽头,那是卸下一切伤痛的家。火车快开,飞到北京,听听北京火车站的广播里,亲切的一声呼唤:"同志!"

邂逅魔鬼城

从敦煌回返,经瓜州前往玉门的高速公路上,与雅丹地貌不期而遇。

在一块标示着桥湾——双塔的标示牌前停了车。

绵延几十公里的雅丹地貌,处子般静静地展现。春末黄昏的氤氲和时而飞扬的风沙给这片风蚀地貌笼上一层神秘的面纱。

雅丹:维吾尔的称呼写成 Yardangs,译回中文就成了"雅丹",号称"魔鬼城"。

资料上说,敦煌雅丹地貌的形成至少有三十万年。雅丹的形成有两个关键因素:一是发育这种地貌的地质基础,即湖泊沉积地层;二是外力侵蚀,即荒漠中强大的定向风的吹蚀和流水的侵蚀。

既如此,三十万年前,这里曾经碧波荡漾,水草丰美吧? 三十万年间,戈壁吸没了水分,风雕饰出了今天的神奇。

一边是青砾的戈壁,一边是褐色的雅丹。一侧,垅脊状的土岗一道一道排列,犹如血战前蛰伏的一队一队士兵。无言,悲壮。这就是经历了三十万年的雅丹地貌吗? 漫长的三十万年啊,撕扯得这片大地支离破碎。

虽说是春天,日薄西山,戈壁里温度还是很高。郁热炙烤着大地,炙烤着身体。"魔鬼城"像是在夕阳熔炉里冶炼过,俨然一座黄金铸成的殿堂。是楼兰古城? 是月氏部落? 是匈奴的毡房? 还是大汉的军营? 一座座奇形怪状的沙土丘像一堆堆篝火,火苗跳跃,好似雅丹地的眼神闪亮。

这神秘的祭坛，曾经点燃过多少祭祀，跳起多少胡腾，此刻，如此静谧。

看啊，一圈一圈黄褐色的圆环，好似水的涟漪在时间的泥沼里僵死；一只张大嘴的蛤蟆，蹲在一叶莲瓣上，像是在问天什么；展屏的金孔雀，宛若一只朝圣的火鸟，虔诚而肃穆；一道蜿蜒的鞭痕，仿佛时光闪电抽打亘古的佐证，谁的身影坠在它后面，好像是疼痛依然在匍匐，在痉挛。

一座沙土丘在眼前突兀，形似一只引颈长嚎的苍狼。如果影子能够飞翔，我也要追随那头苍狼去流浪，替那只秃尾巴的蜥蜴包扎被烧红的沙砾烫伤的脚趾，在静谧里听一声远古的叹息。

西域，西域，大汗王土。丝绸，丝绸，胡马啾啾。几截断墙，多像是一间坍塌的马厩，土墩土槽，一根兀立的土石马桩，拴过多少风雨马匹。这魔鬼的城池，走过了多少人马？听过了多少嘶声？迷惑了多少商贩驼队？藏匿过多少马匪盗掠？摸摸沙土，像是抚摸岁月干枯的肌肤。这血染的红，这泪浸的碱。

我在一座麦垛形的土丘下小坐，把目光削成一支画笔，把一处土丘描成一只尖头翘尾的马靴，和我在敦煌宾馆的壁画看到的引驼人脚上的胡靴是一样的。

一座微微起伏的小土丘，权且当作扣在那儿的一顶草帽。是平定叛乱的大清小吏巡逻时丢弃的？他去了哪里？我在阳关的土墩上看到的一只红嘴乌鸦可是他的化身？

环顾四下，风声嗅嗅。一枚落日，摇摇晃晃，在祁连山顶云海沉浮。魔鬼城一片褐红。这红啊，是西路红军两万颗红星的光芒。这红，让河西走廊变成了一条喊疼的河。向西，向西，穿过魔鬼城，向西就是星星峡。

旁边的一道山脊好似一头恐龙的骨架，起伏的龙脊上，窜出一条凸尾巴的蜥蜴，张望着向着头骨的方向爬过去，钻进一个窟窿不见了。

一只鹰的雕塑在翻滚的褐色沙土云层，那俯冲的姿势就像时光表盘上的一枚时针……哦！是谁？把装着秒点的时光褡裢挂在一座形似卧着

的老马土丘上,任风沙将它们一点一点掏空？

血色残阳,好似沙丘烛台的红烛火焰。当一只黑壳甲虫从脚下爬过,烛火的余晖触摸在它身上,像是黑夜伸手摁灭了白天的开关。瞬间的黑暗,就像一截历史的消亡,陷入巨大的空缈。

"走了,走了。"司机在城堡外招手,恍然数千年前带领部落迁徙的酋长……前面有人走出雅丹地了,影影绰绰,在黑夜的魔鬼城鬼魅般飘忽。戈壁的燥热和风的噪唤,如黑夜粗重的喘息。

天空划过一道流星,如某种暗示。

停靠在高速路上的面包车,像一扇门。

炳灵峡游记

时间和天气是眷顾我们的。从兰州赶到临夏永靖刘家峡水电站已是下午两点。"十一"黄金周,游客接待中心人山人海,车堵长河。打探消息说,从排队到乘艇,得一个小时,加上往返路程,只怕时间不宽宥,别又像是宁夏沙坡头的拥挤,一下午盘亘在门口挤不进去,无功而返。踌躇一阵,和当地一家旅游团商议,坐上了去二号码头的面包车,山路弯弯,溯上黄河,绕着水库一边往西,一个多小时的行程才到。

码头攒集了许多车辆,货车、煤车、小车、三轮……人群拥挤,水泄不通,都朝着水上张望,不时有快艇穿梭,对岸方向一艘大船慢吞吞地划。岸边泊着十几艘游艇,我们很快被引到一艘游艇旁,穿了救生衣上艇。开船的是当地农民，是他们自己组建的旅游队，分揽一部分游客。农忙的时候干农活，抽空搞旅游。村里统一组织，各有分工。

大概是从小受《黄河颂》的影响，黄河在我心中就该是怒吼咆哮的面目，以至于第一次看到黄河穿兰州而过，惊讶不已，那哪里是黄河，就是一匹丝绸。但是眼前的黄河，哪里有黄河的影子？一片汪洋，阔水千里，好像神话传说的西海，天上人间。

司机说这里就是刘家峡水库，黄河三峡也在这里：刘家峡、炳灵峡、盐锅峡。我们要去的是炳灵峡。快艇飞速前进，艇身激起人字形水浪，水花四溅，快艇两侧珠滚玉碎，恍然跌进珍珠滩，艇尾划出巨大的波浪，好像一库的水要被硬生生分开，快艇则是一把利剑剖开水的胸膛了。越往水库深处，水波湛蓝，浩渺千里。心里一惊，慌忙望天，天空清亮如洗，透明若一块蓝玻璃，又仔细看水，水波比天蓝的更盈绿。心下诧异，从没见如此清丽的黄河水，可与长江三峡之小三峡的滴翠峡相媲美。自古有"跳进黄河洗不清"之说，这个说词是可以跳进这里洗清了。两岸水雾迷蒙，植物们黄的黄，绿的绿，岩体的红，在西斜的日光里美好地亮着，发散着芬芳的光芒。水色天光，远山晕染呈黛，近处披红叠翠，人家房舍隐约林间，遥遥闻及庄稼成熟归仓的味道。水面渐渐狭窄，两岸逼拢过来，黄河远远从一屿角处来，淌着晚霞，粼光羿羿，水色便是红的，橙的，黄的。从后面赶上来一艘游艇，开足马力冲向前去，划出巨大的浪涛将我们的游艇掀了几掀，艇身颠簸，叫声起伏。司机扳舵，冲上浪涛，游艇像是突然着陆，底部猛烈地颠簸，发出"吱嗡吱嗡"的叫声，形似汽车的刹车声，却不停下来，形若驶在陆地的搓板路上，一起一伏，一颠一簸。骇异间，司机说，快艇在波浪上就是这样的，巨大的冲击力就产生这样的效果。心里还是骇异不定，那波涛无形，水无骨，却能令快艇受到若坚硬物般的撞击，这无形的力，这柔，任何有形之物在它的力量面前都要调转，顺水顺风才是。

是夕阳染的吗？那碧波如何浑黄了？再看，两侧山体逼仄，水流湍

第一辑
一滴漂泊

025

急,竟是进入黄河入口,浊黄的波涛,像浓稠的血,滚滚而来,周身一凛,觉得心跳也突然加力。这才是黄河,黄河不黄,不稠,不浓,就不是黄河。那激昂的热血,那怒吼的涛声,才是黄河的脉动,黄河的魂。怪乎李太白有"黄河之水天上来,奔流到海不复归"的豪情,不在黄河激荡,如何能写出千古绝唱。长江是不会有的,那烟波江上的愁,迷醉金陵的殇,那秦淮河的小调,凄美的颓废。一江春水都是愁绪,哪里如黄河这般血脉贲涌,心绪沸腾。

正想得凛冽,艇里有人喊:看哪!太美了。黄河三峡,堪比长江三峡。

两岸奇峰异态,斜晖披罩,恍惚披着金黄袈裟。这是炳灵峡的石林,是黄河水一样浓重的浑黄,山水相依,血脉相通,水是山的血液,山是水的骨头。山体上蜂窝状的孔洞,多像是一个个脱水塌陷的细胞,那一座座形态各异的山峰,不就是一尊尊随心坐化的神,是千百年黄河的精魂。

一座河心洲,把河水分岔,河心洲碧草萋萋,高处平地尚未收割的玉米地,不时有野兔跳起来奔忙。几只羊,一两头牛,也无人看管,随意牧养。这峡谷,南山高大险峻,奇峰林立,山石裸露;北坡低缓,牛羊散落,草长莺飞。黄河就像一道分界线,一边是蓝天芳草,牛羊欢歌;一边是碧空黄峰,佛音缭绕,两处境地,两重天。多像黄河的左手右手,一手提着人间烟火,一手捧着佛界极乐。

南山上许多大小不等的洞窟石穴,便是炳灵寺,是在山中凿空而建。游艇师傅在上岸时嘱咐,只有半小时时间。单坐游艇的行程就得四十多分钟,算算已来不及入寺,便罢了。在寺外瞻仰,体味水光山色的炳灵峡,在时间里沉淀的风姿。这些亿万年前在海水里浸泡的沙石,经历了如何的沧桑巨变,在那一个世界末日来临的时候,骤然升空矗立在高原之上,该有着一颗怎样的内心? 哦,怎么忘了,它的内心是空的,是凿空了的炳灵寺,是佛的国度。突然觉得,那突兀的山峰就是那山中的空,因空而立,所以姿态万千,山中有多少洞窟佛尊,便有多少奇峰异峻,升得越高,腹中愈空,也许正是佛的真谛:菩提之心,有空乃大。

　　炳灵寺始建于西秦建弘元年(四二〇),西夏鼎盛,有唐朝、北魏壁画佛像。寺前原有一座石桥——黄河第一桥,毁于西夏战火,相传是为阻止叛军渡河而炸毁。提到西夏,不得不对这个远逝的王国致以敬畏。站在这片曾经燃烧过狼烟烽火的古老土地,不禁深深怀念那远在历史深处的西夏王国。西夏国土,涵盖河西走廊甘肃大部,内蒙古南部额济纳居延海,陕西北部,青海南部,宁夏全部。西夏拓拔人循黄河而据,占据了黄河中上游,即是天险,又是粮仓。这一片辽阔的疆土上,我们的先民曾依水而居,放牧耕田。也许衰亡才是一个王国历史发展的必然结果,铁木真的铁骑血洗中兴府,将西夏浓缩成一滴血,投入滔滔黄河。连天的战火毁灭了一个王朝,改变了所有人的命运。但西夏的火种在这片土地上,就像星星在历史的天空熠熠闪烁,不说宁夏,那远在张掖的卧佛寺更名西夏国寺,那个陷入黄沙的额济纳旗黑水城沉睡在历史深处,无声地诉说。西夏人是强悍的,不可一世的铁木真铁骑横扫欧亚,却在小小西夏国的讨剿中,横死在六盘山。在这个意义上,西夏人是胜利者。

　　大西北,从汉朝和匈奴征战开始,胡汉纷争从未间断。这片土地被各方势力抢劫掠夺,多少人为之血祭旌旗?而承担战争灾难的永远是平民百姓。和平岁月才是平民百姓的幸福理想,而在水深火热的战火硝烟里,他们唯有祈求佛的庇佑,神的救赎。于是,炳灵寺的香火,从远古萦绕而来。

　　我和王霞相挽,徜徉在黄河岸边。风平浪静,寺庙门前杨柳依依,翠丝绦绦,坡上秋草微霜,灌木衰黄,杨树蓬着一头金色,点缀着绯红的峰群,别样的韵致。若没有它们相伴,单就这黄土浑水,怎堪这千年万年的寂寞!怎堪酷暑严寒的摧折!

　　我想放声,扯一嗓子花儿,在这高山之上,黄河之上。可我吼不出,它离我太远。花儿是宁夏、甘肃、青海、陕西,内蒙古一带的民歌,又称少

年……哦……西北五省,这不是西夏国鼎盛时期的疆域吗?我突然顿悟,花儿,这就是西夏国的魂啊,西夏时文化盛行诗歌谚语。当一个王朝灭亡时,它的一切都随国度的消亡而消亡,而文化不会消亡,当岸上的河流消失的时候,它就以地下水的形式,在民间传承,代代传唱。花儿为什么这样红?是黄土地、黄河水,生生不息的滋养。

夕阳如血,铺在滔滔黄河水上,就像流淌着一河热血,黏稠,厚重。那突兀的山峰,仿佛是从这热血的黄河里洗浴而出。莫非这山真是这如血的黄河水锻打冶炼出的骨头?

坐艇回返,默然无语。望着河心洲心生眷恋。

记得车在路上时,赵筱锐问我们,你心中最理想的生活是什么?我说,在一片向阳的山坡,造一座房子,种一块地,养几只鸡鸭,牧几头牛羊。日出而作,日落而息。豆油灯下看看书,数数星星……

如果能在这河心洲上安放,南山修行,北山放牧,那是多么的美好。

在码头等车的时候,我徘徊在水边,波浪像温柔的手指,轻轻抚触。水微凉。黄河在这里沉淀,降温,舒缓的有些忧伤。码头排满了大小车辆,那艘慢吞吞的大船终于靠岸,放下甲板,岸上的车辆从此驶入,船身随着重量吃水渐深。是摆渡!有多久不曾看到了?但是游艇师傅说,一座大桥将要建成,这摆渡的船没多久就要被淘汰,也许你们下次来,就见不到了。

哦!还有多少错过和即将错过的?生命莫非也是一场错过?不远的那一天,此岸和彼岸间,谁是我们灵魂的摆渡者?

远远在路上,赵筱锐的爸爸招手呼喊:车来了,走吧。

渭水河畔

　　我是一个人从镇东头一户人家墙后的石阶上山的。苞谷秸秆围成的院墙，一扇树枝扎的小门，恍惚岁月的一道皱褶。一只狗抬头望了望，它没有叫，和镇上其他的狗一样，对人不陌生，摇摆着尾巴走向前院了。一棵梧桐树紧挨着一棵橡皮树，互相交换着寂静。之前我穿过的一座高架桥，半个桥墩是院子的后墙，桥梁上漏下沾满油污的水滴，是从桥上铁轨漏下来的，地面上落着一摊一摊黑渍。这时候一列火车开过来了，更多的水滴滴下来，好像沤烂了的时间锈片，一块一块脱落。再拐上一道斜坡我就看见人家的前院了。没有人。半截拖拉机废铁瞪着一只车轱辘的眼睛，几只鸡在它脚下刨土，墙角立着几个权耙农具，墙根下堆着杂物。小院前面有一道很窄的路，路那边就是山坡，满坡的树又是一道碧翠的屏障。黄泥墙披着一墙光斑，像蛰伏着一只时光的花豹子，在它的左上角，挂着一只褐色的旧草帽。没有庄门，从桥墩斜侧过来的两道光，就是两道柱子，撑着半边空。门前的泥泞，脚印落着脚印，是前夜一场透雨的见证。

　　山上有路，隐在草丛，像有一头牛拖着缰绳。我从一条山路转到另一条山路，从一处草丛转到另一处草丛，我不是没有目的，一直向西是隧道口，再过去是一道山坳，下山的斜径，通向铁索桥。

　　我在一道缓坡的树荫下小歇。一只山鹊从一棵树飞到另一棵树，我相信那是一棵树给另一棵树戴了一枚戒指。椒麻香，野花椒树顶着一丛

第
一
辑
一滴漂泊

一丛红珊瑚,燃烧如火。看见一颗野草莓,我是扒开许多层绿,好像扒开岁月的缝隙找到它的,在一块光斑下,剔透若红宝石。你不知道一株狗尾巴草是如何招人爱怜的,如果不是它扯住我的脚踝,不是绊了我一下,我就会因看不见左侧的一条淤坑而不小心滑下,坑里躺着许多纷乱的脚印,那一定是在我之前,谁摔下去留下的。我相信草木昆虫是有情的,你看那只粉蝶,从一朵花跳到另一朵花,一定收集了很多的悄悄话。它和我打了一个照面朝坡下飞去了。满山的叶子都张开翅膀,每一朵花儿都在梦想。那么多好看的花儿,我无法一一叫上她们的名字,就像我一生遇到的那么多好人,无法一一说出他们的姓名。

坡下是火车路,火车路下是街镇,镇子之外是公路,再远就是渭河。峡谷那边的山坡,一层一层梯田,弯到了山顶。到了夜晚,爬着这梯子一定能走到天上。

有人喊,山下有人喊,一座粉刷了半边墙壁的楼房三楼窗户里有人喊,那人探着半个身子挥着臂膀喊。白衣影子,不是一只放生的白狐,就是那只飞去的粉蝶。这时却有一列火车碾过来了,碾过喊声,碾过粉蝶,碾过白狐。火车过去了,喊声消逝,影子消逝,粉刷的部分还是原样,三楼的窗户还是窗户,消逝的依然在消逝,消逝到从来也没有动过一样的初始。我有些神伤。

比惆怅浑浊的是渭水。吊桥上的铁索锈迹斑驳。峡谷两侧的山峰像是硬生生被人分开的,一道弯的重叠恍然两岸的牵手。山头上有云,凝凝不动,一只苍鹰高旋,始终没有穿破那些层云,唳叫声声。

吊桥那头被一道砖砌的矮墙堵住了,我是攀着水泥台下搭着的小梯子爬过去的。坡上大片的房屋是一个叫胡店的村庄,聚居在吊桥西旁,一座二层楼的院落里红旗高扬,不是学校就是村委会。山下几块洼地里是抽穗的苞谷,苞谷地旁一条曲折的小路,通向蒿草深处。地中心一座坟茔,青砖砌的,上面插着几棵梭梭柳,枯了。这让我想起下山时半坡上的一座山神庙,矮小,简陋,我进去时尚且要打个躬身。我无法诉说什么,更不想过多泄漏一座山的秘密,只是把门前才浇过水的太阳花扶了扶,胭脂草花苞像一只只噤声的嘴唇。

旁边地头有人家,靠着秸秆围墙站着的是几棵苹果树,青果有些羞赧在树叶里闪闪烁烁。守着柴门的是一只灰白的大蜘蛛,刚刚补完网,正朝一只挣扎的飞虫爬过去。

无须惊扰什么,我涉入这个下午就是来独享的。渭河滩上那么多石头,每一块都是寂寞的坐化。

河水走到这里窄了,浑黄的漩涡像是隐含着一个一个巨大的秘密,来不及吐露什么就被更大的漩涡吞没。从东南山坳里汇集的东岔河,一缕清泉如青丝飘动。

岸湾里一片白棘盛开着,一头一头白发,白的叫人惊心。大片裸露的河床,满滩的石头;齐腰的蒿草,一头卧睡的牛,无法说得清,究竟谁是时间冶炼出的一块岁月的骨头。

浑黄啊。波浪赶着波浪。在渭水旁久坐,你能感受到的是多少流失,多少遗弃,多少沉淀,多少凝重,日子在荒草梢头一天一天枯黄。

天空的乌云是天空的沉默,天水的渭河是大地的琴桌,谁是时间? 谁在弹响?

崖坡上吃草的一只羊,一声紧过一声的咩叫。

以及我,青岩石上落座。

究竟,谁是谁的前生?

乌云不散,落日不落,等待一场大雪来临。

走进西江

　　第一次领悟"失之东隅,收之桑榆"的含义后,便把人生之中诸多想要东却偏撞着西的意外,充作缘来缘去。譬如,此去贵州探亲,顺路去黄果树,不承想黄果树不能去,却进了苗寨。

　　在遵义参加的旅游团,一车人除了我们两大两小四人,其余都是遵义人。同车遭遇一家人,内中有肥婆,体肥性悍,欺生捏软,偏每次饮食同坐一桌任其霸食抢座,受了些小看挤兑,倒合了这贵州的天气,灰闷,烦热,无晴无阴,雨停便是晴,下雨便是阴。贵州整日里湿潮潮的,灰漆漆的,天晴天雨都是水淋淋一摊。那晴空丽日大约和促狭无缘。几近西江时,半道上来导游小王姑娘,气亏声弱,讲了许多,车后的我什么也没听到。就记住了她教一车人唱苗家劝酒歌:阿表哥,阿表妹,阿妹敬酒阿哥喝,你喜欢也要喝,不喜欢也要喝,管你喜欢不喜欢,也要喝。

　　越接近目的地,越是山大沟深,莽林恶谷。如果不是现代交通的便利,这个地方只能与世隔绝。越是古老的东西越有神秘的沉淀,略略听说过关于苗家医药、巫术、毒蛊的一点传说,心里有些凛凛然,再看那两边莽林,深不可测,似乎藏匿了千军万马狼虫虎豹,就有种穿越时空,要进入原始的惶然。直到远远的牌坊楼横在山道,卡在山谷,横匾大字:西江千户苗寨。这真实的烟火,始才把一颗忐忑的心放平稳。

　　这是半路的一道卡,在这里检验门票后,又行数里,才远远望见山头有烟火缭绕，路和河相并而行，一条流着白水，一条流着人群。又有楼牌横跨，路边河边便有了人家，吊脚楼。老旧的，青苔烟色，斑驳苍陈；新建的，钢筋水泥，粉饰一新。楼上花花绿绿的招牌，猛然一恍惚，好像站着一溜排的花红，扬着手巾，眉飞色舞。不断有新生的楼阁修建，四轮拖拉机满载着建材突突作响，电锯声把正午切割的碎屑纷纷。

我们的居住地，在也东寨一条小街，逶迤而上，穿堂越户，到一座吊脚楼。这是一个修建不久的新房，外墙是钢筋水泥，内里是木质的，墙壁门板还渗着淡淡杉树的气味。内里摆设都是人家日常生活起居用物，感觉就是借宿在寻常人家。大概是新居的缘故，一楼没见猪舍。所经过的小弄子，邻家旧屋一楼有猪舍，厕所，臭烘烘的。

小街上到处是店铺，到处是人，到处是声音。苗家女清一色的头饰，盘头插花，桃衣青裙，招手揽客。敬拦门酒，唱着"阿表哥，阿表妹，阿妹敬酒阿哥喝……"大约是累了，衣衫有些不整，笑容些微疲惫。又给游人脖颈挂一红丝线缠做的红鸡蛋。饭菜简单，一溜的长条桌，几样小菜，米饭，口糙的人还是能吃得饱。

不时有老妇经过，青衣背篓，手帕包头，面皱如盛菊。在街口碰着卖糯米粑的老妇人，身瘦，衣着半旧，与她交谈，语言不通，老半天听得大概几句：她家的房子改建了商品房，能耕种的地也剩的极少，儿女们都在小街上做小买卖，不用耕种，不用上山讨生活。她唯一能做的，也只能是做点糯米粑卖。老妇人满脸热汗，不停扯下头帕擦汗，笑笑地问：买一个吧？三元钱一个。那满脸的热汗，那近似祈求的眼神，我便买了四个。老妇人从蒸锅里揪出一团，在手心里团圆了，蘸了白糖，包进塑料袋里，又揪出一团，又在手心里团圆了……团了四个。摊位靠街有捣糯米的工具，老妇人解释了半天我也没听懂它叫什么，老妇人就举起木槌朝木槽里的糯米团比画砸起来，一起一落，倒是利落，干脆。我便学着她的样子也举起木槌，却举不起来，木槌被糯米黏吸着，得需要大力气才能拔出来，用力太大，又

会被反力推的站不稳。试了几试,得着了一点窍门,连着砸了几下,只觉得两臂酸软,汗倏地就下来了。我望望老妇人,她每天都是这么一边捣糯米,一边卖糯米粑的吗?我什么话也说不出。

朝山上放眼,层层叠叠的木楼鳞次栉比,简直就是给大山贴着一片一片鳞甲,苗寨的山上长不了树木长不了庄稼,却长出了鳞片,鳞片从山脚起始,爬满了两座相连的山岭,依山而蔓,好像一头卧睡的巨兽弓起的两座鳞峰。

街上的热闹自不必说。能吸引我的是银器店里的苗家银饰。苗银是苗家特有的银器,含银量大约百分之三十,因质地不纯而色泽暗淡。我被那银器上的图案吸引:双鱼图,农耕图,狩猎图,双子图,降妖图……银器式样多是日月形、牛角形。在这之前我并不知道苗家的历史,所以银器上这些图案叫我心生疑窦,这些图案所暗藏的文明和中原先古文化何其相似。抱着这一疑问,我向银器店的老板请教有关苗家历史和文化的渊源,询问苗家人的图腾。老板只是摇头,指着一副牛角银器说,我只知道,我们对牛角很尊敬。

小王导游在午饭后说,西边广场有歌舞表演,赶过去的时候已经开演。男男女女,盛装苗家服,在舞台上春耕秋收,鸡鸣牛唱,男婚女嫁。笙笛悠扬,是《苗岭的早晨》,演员们用肢体艺术把那个早晨的苗岭搬上舞台,尽情演绎那曾经的日出而作,日落而息的世外桃源。

我在苗家博物馆一幅横匾前久久站立,这些简短的文字,释然了我在银器店的疑窦。西江有千年以上历史,据说是炎帝、黄帝和蚩尤大战时,蚩尤战败后残存的部落,历经数代人迁徙逃亡最终落户西江,西江苗族是蚩尤的直系后裔。"西"指西氏族,在西氏族到达以前,这里已经居住着苗族"赏"氏族。"江"通"讨",即西江是"西"氏族向"赏"氏族讨来的地方,"西江"因此而得名。迁徙至此的西氏族与当地人结盟借地而居,在深山老林,封锁消息,行踪鲜为人知,才得以存活。然而因不与外界相通,也不知山外日月经年,还遵循古老的山寨文化。

如此,苗家本和我们一脉同根,祖先都是饮过黄河水的,她只是黄河的一支支流,漂泊于此。

晚饭后,穿过白水河去对面岭上看夜景。夕阳未下,余热未消,沿着白水河逶巡而上,在一片滩涂上,一群小孩子们在河里嬉戏,都脱光了衣服,打水仗嬉闹,见了人来,也不避让,自然天成。几个小女孩嬉笑着朝我们跑来,我十岁的侄儿羞红了脸,忙背过脸望着河岸,动也不敢动。

白水河每隔一段都有一座风雨桥,原来是木质的,以关风蓄气和挡风遮雨。在旅游开发重建中,大多更换成了水泥石桥,更加雄伟气魄,气宇昂扬。

我们是沿着鹅卵石铺成的蜿蜒小径上去的,白水河这边的山坡少有人家,渐渐有了树木,也有小片的庄稼,在房前屋后的平缓处,一弯,一隔,点点滴滴。再往上人家就零星了,树就结起了队伍,密林中可见古树,直指云霄,藤蔓缠绕,虫鸣也响起来,偶尔能听见人声,却不知在哪里。不远便到了观景台,来往的旅游车也卸下一批批从山下拉上来的观光客。楼台枋榭,店铺小摊,各种生意人的吆喝,游客的熙攘,山岭就像架在炉灶上的大锅,沸腾喧嚣。

从这里俯瞰,苗寨一览无余。如果时光退回古老岁月,这里一定是一处瞭望所,若寨中有异常动静,只需瞭望者发信号,全寨人便尽知。白天里表演歌舞的小广场正在白水河边,不远处是白天借穿苗服照相的场地,空无一人,中间立着一根木杆,顶端是一副牛头像。依我的猜想,这个地方一定是族老召集会议,商议族中大事和祭祀的场地。"方老"、"寨老"、"族老"、"理老"、"榔头"、"鼓藏头"、"活路头"这些带着部落酋长意味的称呼,离我们那么遥远又令人神情兴奋。但是现在,我们是无法领略苗家人那种近乎原始的刀耕火种的部落生活了。

两座相连山岭坡上是密密集集的寨落,依山而上,爬满了两座山坡,

炊烟缭绕,黛瓦如鳞。天色暗下来的时候,渐次亮起灯火,雾霭半天,远山如浮。一枚月牙适时而生,几点星星烁烁而明,与对面岭上的灯火相映成趣,不知天上人间。夜色渐浓,灯火愈灿,到处琼楼玉宇,璀璨光丽,一派繁华。

回到住处,闷热难耐,蚊虫肆虐,不远处一家歌厅直唱了半夜。

拂晓时分,天色渐明,开窗纳气,雾飘飘荡荡,在楼阁中间撕扯。早有鸟儿的啁啾,清丽婉约。零星传来叮当炊具声,店家生火做饭,每家楼阁升起袅袅炊烟。间或一两声牛"哞"声,人喊声,浮在雾里。对面的山岭时隐时现,如在海上漂浮。忽而脑子里响起芦笛《苗岭的早晨》,不胜欣悦,也不枉西江一行。

回来的路上,突遇暴雨,车不能行,在路边客栈避雨,但见雨水从一处台阶泻下,已没有台阶的形状,一帘飞瀑。雨,墙一样挡着去路,只几步远也不能到得跟前。透过客栈雨棚,可见屋后崖下有一条河,开始还可见河心洲上凄凄绿草,转身工夫,就是一片汪洋。雨势稍一减息,司机即刻召集上车,冒雨前行。才走出不远,只听轰然巨响,一侧山体滑坡,身后的路便断了。

东岔

东岔,东岔。向东是陕西,向西是甘肃。一座小桥,桥这头姓甘,桥那头姓陕。

我是追随渭水来到这里的,甘肃最东边的小镇。渭水在侧,清溪潆绕,铁路,陕甘高速公路和三一二国道,像条条巨龙逶迤,环抱着小镇;四面环山,粉墙金瓦,更像插在青山发髻上的一枚玉簪。不知道造物主是怎么缔造了这么一个自然尤物,居住在东岔的人前世一定是修炼得道的,今世才有福居住在这世外桃源。

　　从天水出发,渭水就一直伴在身侧潇潇东流。窗外细雨,有些孤楚,有些苍凉,更像一种倾诉。

　　起伏的峰峦,像堆积的麦垛,一座挨着一座。梯田如一道道黄绿相间的彩带,在飞速流转的车窗外中飘动。黄的是麦茬地,春麦已经收割,山下的场地上堆积着大大小小的草垛,绿的庄稼正在恣意泼洒着生气,旺的要流淌下来。山下大片大片的桃林,熟了的桃子在树叶后探头探脑。苞谷抽穗了,棵棵挺拔如士,扛着盔甲,威风凛凛,如一方一方的仪仗队整齐划一。

　　公路两侧,野花椒灿烂着,红彤彤的玛瑙籽粒发怒般从椒叶后挺出来,任凭枝干上的刺咬着,也高昂着无畏的脸。

　　中巴急切地在环山路上飞奔,奔进这一切一切的深处,尽头之尽,远远寻见一座浮于渭水之上的铁索桥时,便是东岔了。标示牌上写着,东岔镇;向东——宝鸡,64KM;向西——天水,104KM。

　　铁索桥建于一九八四年,又叫东岔桥,四根粗大的铁索链钉在渭河两边的石崖上,石崖又用坚固的石头水泥垒砌,牢不可破。桥面上横排着手掌宽的铁板,一条一条钉在竖的铁板上,中间留着拇指宽的缝隙,瞧得见十几丈之下浑黄怒奔的渭水,浊浪翻滚,令人心惊胆战。我是在傍晚踏上这座铁索桥的,所有的胆战心惊因为昏暗视而不见。天昏昏,峡谷深,缝隙里的咆哮像是要伸上手来。很久了,除了我,除了越来越浓的夜,没有人通过。吊桥上,晃着天空那么大的孤独。

　　当一个清晨在喜鹊的喳喳声里次第打开,晨曦如少女腮边的绯红顾

盼流徙，地上的万物笼罩在氤氲的朦胧中，一声犬吠，东岔醒来。店铺的卷闸门"哗啦啦"一响，整个小镇都动起来，洗漱洒水声，打扫庭院声，脚步行走声，互道问候声，此起彼伏。早点摊的青烟早耐不住性子，合着馅饼炊饼油饼包子的香味窜啊窜，牵着行人的鼻子，吆喝声老远伸着手，拉着你往摊上走。附近的果农菜农赶早市了。卖桃的老汉，戴着草帽，叼着铜烟锅儿，两筐鲜桃，刚摘下来的，披着一层细密的绒毛，像一只只水灵灵的毛眼睛，渴渴地望着你。卖菜的小媳妇，小声吆喝着，秦音袅袅唱歌一样喊着："黄瓜、西红四（柿），新鲜儿（的）。"扎成小把的小葱、油菜，还有说不上名字的绿菜，还沾着星点的泥巴，惺忪着，还没有从田地里醒来的样子。一大早就有从宝鸡来的鱼贩卖鱼，每天都可以吃到新鲜鱼。午饭要了一盘红烧鱼，端上来吓了一跳，一条鱼，头尾都从鱼盘里要跳出来似的，估摸着足有三斤多重呢，看那不愿屈尊的样子，大有小庙盛不下大和尚的委屈。

　　小镇的狗比人懒，太阳高悬了，狗才从各处摇荡着走出来，一个个绅士似的，踱着步子，和人一样悠然地并行。好像人不是他们的主人，而是他们异类的兄弟。只有一只黑母狗是匆忙的，腹下乳头涨涨垂着，一摇一摇，像在寻找待哺的嘴巴。行走着的，无论是谁，都给这急匆匆的母亲让路。

　　镇子上只有一条小街，白瓷砖镶贴的房屋，两三层的小楼，挤挤挨挨。镇上商铺云集，一楼饭馆商店，二楼住宿。城里有的，镇子上有；城里没有的，镇子里也有，野花椒，野草莓，草药，等等。大马莲一人多高，荆条扯下来可以编成篾子，篓子，可惜没人采，荒在渭河滩上，结出的果实，肉粉色，状若火腿肠，串在圆的茎秆上，好像一个个手持烤肠的顽童在马莲丛里捉迷藏。

　　镇子里来往的外人多，来客都像是多年的朋友，走亲戚似的，打着招呼，说着热情的话，到饭馆，到旅店歇脚。

闲散的人聚在谁家的店铺或者小院里打麻将,呷酒,喝茶,有滋有味地吆喝,哗啦哗啦的声响从敞开的门窗里淌出来,拌着你的脚,忍不住往里张望一下。

中午到下午大段大段的时光就被这熟稔的,热切的氛围包裹着了。

小镇始处,标示牌上写着:500米处陕西。五百米,一里长的深处,就是那座横跨甘肃陕西的小桥,桥中央就是陕甘分界线。站在桥上,一个转身,手机漫游就提示你,到了陕西地界啦!桥那端不远处是陕甘交接的高速公路,交接处,巨大鲜红的"甘肃"、"陕西"标志字站在收费站台两边的门庭上,目送着高速路上来往的车辆,像目送一个个远行的孩子。

桥下流水,是从大山深处来的,清凌凌的,与浑黄的渭水迥然不同,河中多石,踏着石头可以到河中间;有鱼,可以看得见它们在河水里游玩,水草像它们温床上的帐幔,飘啊飘的。一个女人和两个孩子,在河里洗衣服,孩子光着身子,在水里嬉戏,身上反射着太阳的光泽。

东岔就像是一家富足的乡绅,深闺里藏着小家碧玉。我记住了它的悠闲,记住了它的遥远。记住了小河里和我照相的女孩,第二天像亲人一样扑在我面前叫阿姨。记住了宾馆里早晚给我打开水的房东。记住了在一个叫阳光的超市,买了一袋炒麻子。

落日落,像点给天空下巴上的一颗朱砂痣。

山岚瑰红,炊烟黛紫,弯出半坡房屋,它们肩上,是越来越加重的黛色和苍茫。

两只通体白色身形小巧的狗,尾牵着尾,两个身体连在一起,站在街中央。夕阳落尽,一抹胭脂红洇染了半边天空,狗红了脸,路红了脸,行人车辆也红了脸,小镇红了脸,转身和避让也都红了脸。

太阳一跌,好像时间就此一停,停在这一天的第"二十五"个小时——大山的深处,叫作东岔的小镇。

我又一次独自穿过街心。

爬上半坡的火车，一只口琴，被大山含着，吹过来，吹过去。从西向东飞进空谷的一只乌鸦，叫得那么揪心。

长庚星亮，像天空打着一盏桔灯，寻找滚落下去的夕阳。蚰蜒一样的山梁啊，披着一点残光，更像天空眼角的一滴泪光。铁索桥，一只巨鹰抻开着翅膀落在渭水河之上，停滞的飞翔，多像我内心无处搁置的忧伤，它背上驮着那么大的黑暗和空旷。

广场上，烤羊肉串、羊筋、羊蹄、羊腰子，唯独没有羊头。夜色，像是被烤羊肉串的人用身体的钎子穿着，在炭火上一点一点加深。满穹庐的星星，像是溅起的一盆火星。

健身器旁，有人跳舞，有人观望，有人吆喝，有人鼓掌。晃动的影子，把黑暗划出一道一道擦伤。

黄昏时碰见两个当兵的，买了两瓶啤酒，又过去了。他们晃动着身体，像晃动的两座山头。我知道，他们一定不是这里的山头。这里有两座神山，一座叫伏羲，一座叫女娲。还要再说什么呢？渭河，东岔河，就像一个人身体里的动脉和静脉。

隧道口有人，怀揣火焰的孤灯，在喊……谁？

山顶不是寺庙的尖顶，月牙不是寺庙的月牙，空谷的回应不是拜谒的经声。我是第几次数着镇东头的狗叫，一次一次，把撕碎的寂静还给寂静。

一个人的屋子。空，可以淘洗身体，掏出大把的不静。疼，是思念的列车穿过身体的隧道，翻山越岭地呼唤。记忆穿越时空，心跳的刻刀錾錾……

从前窗射进的两块月光，一块靠在床边，一块盖在身上，互相舔舐。那是寂寞偎依的寂寞，是挨靠灵魂的脚印。

扁都口一瞥

    我们是从军马场开车过来的,老李说要让我们看最美的油菜花。老李是农场主任,长年来往马场。表妹介绍我们相识,由老李做向导,带我们出来野游。

    直到没有路,车停在一道土坡,我们下车。一种新奇的冷峻,一种旷世的空远,一下攫取了内心。前方辽阔,身后险峻,站在高坡上,就是站在河西的屋檐,三千米的高远,凝滞了时空。最美的油菜花溢出了山丹边界,是民乐最亮的看点。铺天的苍茫,盖地的流金,天空荒旷,远山浮动。正是热闹季节,大小的车辆,散落的游人,人迹小到一粒微尘,车辆是一只只蠕动的甲虫。

    油菜花染黄了七月,染黄了已然苍暮的青春。花开是生命最美丽的绽放,撩动血液里残留的激情,在旷野里尽情欢闹,拍照。拨开齐胸高的油菜,小心进入,忽然一片白光闪出来,我以为又是人随手扔的垃圾袋,便伸手去捡。手触到那白色,却吃了一惊,不是塑料,是硕大的一株蘑菇,张着伞,隐在枝叶间,像朵偷渡下凡的云。几个人合力把蘑菇挖出来,伞柄的粗,要满手才握得住。海云和寅儿争相托着云朵照相。老赵在前面举着相机喊:"拿过来,蘑菇拿过来。"寅儿便拿过去,两人叽叽咕咕,咯咯笑着,擎着蘑菇,对着镜头摆弄不停,对我喊道:"站着,莫动。"便站着,看他们头对头摁下相机。而后让我走开,又指挥海云说,"过去站着,莫

第一辑 一滴漂泊

动。"照完了，让我们去看相片。相片里的蘑菇已巨大如伞，人靠着伞柄，头顶着伞盖，伞盖上的天空，是一片乌拉拉的云。惊异他们的想象，原来是把蘑菇置在镜头前方对准远处人物景色，合成一张油菜花背景人在蘑菇巨伞下的照片。回去给同事朋友看，都惊异不已这巨大的蘑菇。

人总是有贪婪之心，便四处再寻。满野里都是油菜花，即使里面藏着蘑菇，也犹如大海捞针，何处去寻？反倒糟蹋了庄稼，遂作罢。只在野地里翻寻。这一株只是偶然，或者它等在那里就是要和我们相遇，因此别无第二，当然不会再有。倒是一簇一簇的"马蜂泡"貌似丁丁菇，一团一团，随处都是。海云认得，对寅儿说，砸它，砸一下就粉了。果然，那菌团轰然四散，粉末飞扬，真像被捅的马蜂窝。成熟了的是褐灰色，粉末也是褐灰色，黏到裤脚和鞋上，紧紧贴着。怪不得到处是它的子孙，每打破一个孢体，便有无数个孢子飞溅，以土为岸，生根落户。

不自觉到了一片花海。白的是格桑花，粉的是粉团花，也叫狼毒花。寅儿听了窃笑，附我耳边说，这花像你。我不解，他又说，狼毒妈。后来便以这称谓取笑，若我对他严厉些，他便称我"狼毒妈"。更多的是蜜黄色形似铃铛的花，我不知道名字，海云却认得，还会用那花做一种游戏。那花儿倒垂钟铃，花瓣张开，四瓣翻卷，花蕊翘翘的，微微颤动，很逗趣。海云采下两朵，给寅儿一朵，从颈处勾着花冠，两颗铃铛便缠在一起，互相拉扯使劲，看谁将谁勾脱。寅儿不得窍，三两下就被海云勾脱，再采一朵，再勾。这一定是海云小时候的游戏，她的童年里有花，有马蜂泡，我却没有。蒲公英的灯笼，见风就窜，把我们的头发也当作黑土地。那些紫的、红的花儿，叫不上名字，矮矮的小小的，恣肆忘情地开着，风动时，交头接耳，抓耳挠腮，像一群淘气的幼儿生。

不远处，一座败破的房屋。老李说，曾经是马场连队的一个看护点，人早已搬走，不过春耕秋收时来看看。面对鲜有人迹的荒旷，这份清冷和寂寥，也只好是看风景的人一看，若长年在此，没有特殊的使命，断不能坚守。

这是草原最肥硕的时候。铺展到天尽头的油菜花，深不可测，色彩的浓郁简直是上了油彩，地势的起伏，让这幅巨大的油画有了漂浮的动感，天地相连苍茫处，这浓郁的金黄好像是从天空淌下来的。如果把远山当作一轴，背倚的祁连山就是另一轴，底色的金黄点缀些小块大麦的青，使画面不失呆板。如果可以调色，用以光的七彩，这轴画又会是怎样的锦绣繁华？我疑心，一定有神，不然谁能打开大地的卷轴？

油菜花里碾出的两道车辙，没进油菜花深处，好像通往另一时空的轨道。谁来过？谁去过？如若流淌的不是油菜花，是青草的汁液，那汁液里滚动的，就是如花的牛羊。是"敕勒川，阴山下，天似穹庐，笼盖四野；天苍苍，野茫茫，风吹草低见牛羊"的大草原。我不自禁说道："这里就是扁都口？就是霍去病大破匈奴的入口？"老李指着甘青公路边一座山峰说："是的。从那个山嘴，沿着山势有条路，通到焉支山。当年霍去病就是从这里偷袭抄了匈奴的老巢。"我呆呆叹气道："匈奴太不小心，这么重要的关隘，怎么就没人把守？他不知道对方是最善算计乘虚而入的？"……哦，如果时空倒回一千多年前，匈奴把这条漏洞堵住了，就不会留下一首《匈奴歌》哀哀败去，不会消亡的片甲不留。大汉江山的版图扩张消亡了一个马背名族，是歌，还是泣？遥远的贝加尔湖，是匈奴的最后一滴眼泪。

车开到甘青公路，两座山峰相对处。山体因为贴地的苔藓而呈深褐色。山似乎都是独立的，异峰突起，好像不是从地里长出来的，而是从天空拈来的。一座一座，孤独着。坡度很陡，我试图攀爬，想站在三千米的山峰一舒心胸。攀到山腰，便觉力不从心，畏惧而怯懦，没了勇气。无奈抓一把黄土，投向扁都口深处。……再深处就是青海了。青海，那弥漫着花儿忧伤的远方，洁白的牛羊毡房……除了风呼呼如马蹄声响，来往车辆呼啸，远处野营队伍的狂欢在风里撕扯纠缠，混在一处倒像是厮杀。这边

关要隘有过多少厮杀？飞散过多少魂魄？如果真有那么一种力量，能和灵魂通话，谁在这里守候？谁在对我耳语？

一抔黄土，掩埋了一切。

拂落忧伤，回到油菜花丛，回到灿烂的人世间。时间只是相对长短的瞬间，在弯曲的空间里旋转，没有永远，只是彼与此的相对。风景，是生活里的另一个人群，一生的路上，所有的遇见都是风景，一晃而过，一笑而谢，只有内心，是能够坚守的家园。若风景也是宿命，今生不遇见，定是来世注定的孽债。那么扁都口，便是又一个孤独的坚守者，千年的风雨不过弹指春秋，对于你，世界已然安静，任何喧闹都置若罔闻，只等待下一个遇见。

九寨札记

穿越

狭长的河西走廊像一条河流,在祁连山和龙首山之间逼仄穿行。飞驰的火车在八月初下午的酷热中停靠在山丹,一行十五人,加上邮政局的二十多人,在焉支旅行社的组织下前往兰州,参加九寨之旅。到兰州已是午夜,山丹的导游没有随同,是由九寨沟旅游团的导游来负责接待,在兰州小住一晚,次日早晨坐大巴向九寨沟进发。

导游可能是业务不熟,从昨晚安排住宿到今晨和宾馆账务结算,总是岔子频出,耽误了许多时间,车子启动后还在那里翻票据忙乱。走了好久了,才拿出一些九寨的风景音乐光碟,用一句简洁的话说,你们到九寨沟就会知道九寨的风景有多么美了。而后的煽情演说,多是围绕旅游合同上的自费项目,沙哑的声音在接触不良的麦克风里一高一低,就像一丛灯油即将耗竭的火苗。

窗外的风景一把一把,把黯然的心情抚摸。

这是临夏地界,天空灰暗,头顶上的月亮光芒黯淡。人们闲散地游荡在大街,男人们头上的白礼帽歪歪斜斜;女人们蒙着黑色的头纱,眼睛里映照出天空灰懒的颜色;一家商店拐角处的槐树下,一只狗在偷睡。麦地里收割了一半的麦子,一捆一捆斜倚在田间;一片糜子割倒了,伏地躺着,田野里没有看到一个干活的人。也许是因为礼拜日,也许是因为正午,好像世界的今天都在偷懒。

到甘南州,空气倏地冷了,湿湿的气流从车缝隙里挤进来,窗玻璃上了一层雾气,雨点在上面留下许多抓痕,渐渐地,许多蝌蚪在玻璃上游动,飞快地坠落下去。密集的雨滴在玻璃上撞击出细碎的水花,雨痕斑驳,恍然想要探进来取暖。

窗外是若尔盖草原。原野的绿无边无际铺散着,天空很低,雨雾笼罩着低矮起伏的山峦;坡地上,黄的、紫的、红的花儿,有的谢了,有的盛开;一条河从远处伸过来,几匹马在河边吃水,牦牛和羊群悠闲地吃草。绿色的草甸,黑的牦牛,白的羊群,马背撑起的天空,这就像一幅巨大的水墨画。在我还想象着要添些什么的时候,坡上升起几缕淡青的炊烟,几顶帐篷白蘑菇一样张开。几个藏民骑着马从坡上下来了,慢悠悠地顺着公路走,掠过的车窗外,褐色的毡帽沿上有水珠跳下来,那和毡帽一样颜色的脸,忽地闪过去了,他们身后跟着一只黑色的藏獒,走走停停,不停地向后张望,离它十几米的远处还有一只小的藏獒,一会儿扑进草丛,嗅这嗅那,一会儿撒欢地跑几步,又突然停下来四处张望,朝行驶的大巴吠叫几声。经常有牛粪码起的矮墙闯进来,像一个瘸脚的裁缝在绿袍子上打了块狭长的补丁。偶尔也能看见玛尼堆,一块块玛尼石整齐地堆列,湿漉漉的经幡,像一个个垂泪的圣徒。

很远了,我还在想,那些骑马的藏民,他们要去哪里? 去做什么? 他们属于哪个部落? 一路上断断续续听导游说,我国的藏民分四个部落:康巴部落、花容部落、白马部落和安多部落。四个部落各有特点,康巴部落男人很强壮,有歌为证:《康巴汉子》;花容部落出美女,最熟悉的"高原红"组合就是花容女子;安多部落很富足。导游说,如果要问安多人家有什么,他们会说,我家没什么,也就几百万。相比之下,白马部落相对贫寒。导游说的安多部落就是聚居在九寨沟附近的藏民,靠九寨山水的滋养,安

享着神灵的赐予。白马部落的聚居地,导游说得很含糊。

到川主寺镇是傍晚。大山围裹下的狭长镇子,郁郁葱葱的山上飘荡着云雾,像一只潮湿的狍皮袜子。镇子里到处是宾馆商店,到处是经幡,到处是红黄蓝三色,这一定是个热爱彩虹的民族,但天一直是阴雨,我想我是看不到他们的彩虹了。

老远就看见高高的山顶上一座塑像,在雨雾里模糊不清。川主镇有川主寺,有红军长征纪念碑,我们想去游览,但导游说行程里没有这一项游览安排,毫不客气地拒绝了,还说不要随意走动,出了事情他不负责。

这是一个完全陌生的地方,导游像一颗冰冷的石头,安排了我们的住处就不见了。天阴冷,不远处川主寺的金顶在雨雾里洗刷着灰尘。我们怅然逛荡在小镇的街上,买明天上九寨的食物。导游说九寨景美食不美,不想后悔就不要品尝九寨的饭食。天很快就黑了,唯一的街道没有街灯,来往的车辆像放出笼子的困兽,瞪着浑浊的眼睛横冲直撞。

抵达

星光尚在灿烂中,我们就坐上大巴去九寨。许多人倒在车上又昏然睡去。

天色渐次打开,薄雾迷蒙的草甸,像害羞的少女轻揭面纱。这几天都是阴天,我们是光顾不到九寨阳光的恩泽了。灰蒙的苍穹下,辽阔的草原上,高原杜鹃开的癫狂,像一团一团火焰在雨雾里燃烧蔓延。沼泽,苇塘,河流,海子随处可见。前天立秋,雨就来了。黑的牦牛,白的羊群被初秋的雨洗的格外鲜明。如果把甘南草原比做一幅水墨画卷,那么现在呈现出的就是一幅写意画,任意展开想象,一花一草,一只唳叫的苍鹰,一只大树上突然惊飞的鸟,一只花瓣上吮吸的蝶蜂,都像是醉中的样子,扑闪着迷乱的眼神。一切都昭示出一种神秘的气息。

　　途中看到正在修建中的甲番古城。甲番古城是羌族人的寨子，坐落在山脚下，碉楼由石头修葺，青白两色，楼顶四角都有白石头檐角。据说，羌人崇拜白石头，白石头能辟邪，是镇寨之宝。城是空城，是要作开发之用，将来又是一处新的旅游景点。那么这座寨子将来一定能给羌人带来丰厚的收入了。

　　山路不知拐了多少道弯，快进九寨时却说要到九道拐了，果然在拐弯处有标志牌写着"一道拐"。车上的人便随着弯道和路边的指示牌轻轻地念叨：一道拐、二道拐、三道拐……九道拐。当然拐弯处不止九道，九道拐又是为何呢？据说九寨的名字就是因九座藏寨而取名的，九道拐是否又是因九寨而来呢？中国人崇尚"九"的数字，莫非藏民族也是一个崇尚"九"的民族？这样想着，我的心情随着这轻吟声，便一道一道不同。

　　九寨就在眼前，重峦叠嶂在迷雾里神秘而隽秀，层层叠叠深深浅浅的绿，仿佛一件巨大的斗篷，罩着九寨。

　　山下人头攒动，一拨一拨的人流潮水一样涌来涌去。住在小城习惯了，猛然看见山门前层层叠叠的人潮，突然生出些悲哀，地球就这么大，资源越来越少，动物越来越少，蜂拥的人们是多么的孤单啊。

　　站在九寨山门，我突然打了一个激灵，好像有一种东西灌进了身体。环顾四周，除了山，除了雾，除了人……但我确实感觉到了好像是一声喊，抑或是一声叹息，我迷惘了。

　　导游在途中解说：二十世纪七十年代，一群偶尔闯入的伐木工人发现了这片仙境，伐木工人刀下留情，留下了这片森林，成为国家森林公园，一九八二年九寨沟成为国家首批重点风景名胜区，列为国家自然保护区；一九九二年被联合国教科文组织纳入《世界自然遗产名录》；一九九七年被纳入"人与生物圈"保护网络；二〇〇一年摘取"绿色环球二十一"桂冠，成为世界唯一获得三项国际桂冠的旅游风景区。九寨

第二辑　两行牵挂

沟的主要观景点有:宝镜岩、盆景滩、芦苇海、五彩池、珍珠滩、镜海、犀牛海、诺日朗瀑布、火花海和长海等。如今,瀑宽三百二十米的诺日朗瀑布入选中国世界纪录协会中国最宽的瀑布,成为中国旅游景点中又一项中国之最。

根据门票旅游示意图上标志,宝镜岩、盆景滩、芦苇海、火花海和犀牛海都在一条风景线上,到诺日朗服务中心风景线一分为二,一路去长海五彩池,一路去原始森林。

九寨沟太大了,有限的时间内徒步无法达到游览目的,所以游览靠的是绿色旅游观光车。每一个景点都有站台,每辆观光车上都有导游沿途解说,带我们来的导游把我们送上观光车,交代集合地点和时间后就又不见了踪影。不停地上车下车,车子换了一辆又一辆,导游面孔也换了一张又一张。有人形象地说:我们被导游卖了。驭支旅行社把我们卖到兰州,王姓的导游把我们卖到了九寨,然后上一辆车被倒卖一次,一次次被抛弃在一个个站点……呵呵!这有什么不好呢?人生不也就是这样一站一站不断被抛弃,又不断被生活的列车拾起的吗?

等坐上了观光车才细细体味到九寨人的另一番苦心在里头。第一环保,第二保护九寨。无须言表,只有身临其境,才体味得出。

说宝镜岩像镜子,怎么看也没有看出眉目,观光车上的导游说要天气晴好时才能看得出来,阳光灿烂时,宝镜岩反射出夺目的光芒,俨然就是立于天地的一面大镜子。谁知道呢?不能眼见为实,只好凭着导游的叙述想想罢了。还有火花海,听讲解员说的那么璀璨斑斓,如火如荼,到前一看,与其他海子无二,便觉得言过是非。也是观光车的导游说的,看火花海要的是季节,深秋时分层林尽染时,才能现出绰约的风情来。给我的第一感觉就像是守候花蕾绽放麦苗受孕似的。现在是夏末秋初,还没到火花海最美的季节,看来风景也不是你来了就能看到的,因为来的时间和天气等关系,总有些遗憾带回。好比人生,每一阶段,不同的层次,自有属

于那一刻的最美,也有难以如愿的遗憾,难求完美。

盆景滩、芦苇海不过尔尔。穿梭于栈道,路边都是人,繁杂纷乱,人声鼎沸。盆景滩水流淙淙,撞击在岩石上泠泠冽冽地响,滩上灌木丛一墩或几墩或连成一片坐在水中,是天然的盆景,又像是形态各异聚居的人群。滩中水声,岸上人声混在一处,陡添几分烦闷。人发现了风景,也破坏了风景。四处都是人,还看什么?

雨说来就来,毫无兆头哗哗啪啪便乱响下来,赶着失措的人们四处躲雨找雨具,没带雨具的,只好匆匆上了观光车。到树正寨站点,也就几分钟,雨说停又停了,好像刚才的雨是有意催促我们快点赶路。

仰望

九寨原本的意思是九寨沟内藏人居住的九座寨子,现在留下的只有三座:树正寨、荷叶寨、则查洼寨。说是寨子,却不住人了,保持着藏族寨子的原貌和藏家文化,供游人观赏。九寨的山民搬出了寨子,搞旅游开发,做旅游服务。九寨沟里的导游,各服务点的工作人员,都是原来居住点的藏民。旅游车上的导游说着纯正的普通话,有的穿藏服,有的穿汉服,日复一日在汉人的熏染中,正潜移默化的汉化着。

树正寨已成为九寨沟民俗文化村,到处是飘扬的经幡,到处是现代服饰的人群,碧树蓝天下,除了熙攘,我再看不到什么。

只有自然让我忘却一切的烦恼,隔世的疏离。

树正群海就像一颗颗翡翠镶嵌在群林之中,碧水在层叠的台阶上飞流而下珠玉碧溅,形成诸多大大小小的飞瀑群,瀑布的白点缀在绿色之中,宛然一件缀满珍珠的流苏纱衣,飘逸隽秀,灵动纤巧。

树正群海上,栈桥、磨坊、转经筒、水车,还保留着原始的陈旧和模样,

第二辑 两行牵挂

像一个个饱经沧桑的老人,默默看着川流不息的人群。水流在他们的脚下,像一把时间的刻刀,铜钉锈了,泛着幽幽的铜绿,像一个个深邃的眼眸,洞穿岁月时空,似是深思抑或是遥望。深褐色的柱子长满了厚厚的绿苔,那是时间行走的步履留下的老茧啊!光在木屋的缝隙里游走,丝丝缕缕如一声声叹息。如果,给我足够的时间和安静也许我一定会听到什么。我的灵魂,在三十八岁的年轮深处,在潜意识深处静静聆听,那一抹抹翠减红衰对岁月对荒古对无所不在又无踪无迹的"神"的诉说!

天忽然就晴了,阳光像一把刷子,扫尽了雾气。明朗辽阔的犀牛海美丽而宁静,远处两侧山峰倒映其中,颇似长江之上小三峡的风光,水天相接,恍若一池碧水倾自天上,却来去无声。而近处,翠枝摇曳在水中的倒影,叫人分不清,哪一片叶子是树上的,哪一片叶子是水中的。水底枯木的纹理清楚的好像就在我的手中梳理一样。我惊叹着它的清澈,从来没有见到过如此纤尘不染的水,它就像初生婴儿的眼睛,渡化众生的佛心。

从诺日朗乘车先去则查洼沟至长海的风景线。这一路风景较少,途中两处季节海,因为不在汛期,海子有些枯衰。尽头是长海和五彩池。长海是九寨沟最大的海子,水源丰沛,没有出水口,全靠蒸发和地下渗透,长年溢溢漾漾,盈而不泄,像是一只饱满的乳房,总有吮不穷尽的乳汁。

亲见了五彩池,让你见识什么是真正意义上的蓝,清纯的,透明的,炫目的,斑斓的。蓝中黛紫,蓝藏赤霞,蓝含橙阳,蓝透玲珑。湖蓝、碧蓝、翠蓝、橙蓝、靛紫、黛青、晶莹剔透,无法形容的飞红蓝韵让你惊叹造物主的神奇和偏袒!小小的海子之中尽显各种蓝色梦幻,已经是纷繁的无法用语言描述的色彩,那是在九寨之外最顶尖高明的画家也不能描摹出的绚丽的色彩。只有静默,只有把灵魂呈上,把那美丽妖娆存储。

回返至诺日朗服务中心,已是正午,到了进餐时间。服务中心人流如潮,我们一行十多人好不容易找了一处餐桌坐下,取出自带的食物。孩子们多,抢着吃,甚是热闹。休息间,环视四周,到处都很干净。虽然人流如织,却都很遵守秩序。进了九寨,不仅诧异于世外仙境般的景致,更诧异于九寨环境保护之完美。沿途不见一片垃圾,人人都像是有过约定的一样,不违反景区规定。上车前导游说,在九寨违反景区规定一次要被罚款五百元。当然规定是硬性的,关键在人要遵守。一定是这神性的九寨净化了人们的灵魂,濯清了心灵里一些不洁的东西。是啊,有谁在九寨的天地外再见过如此清冷干净的水呢?这是神灵的眼泪,为我们洗去了从尘世里带来的污浊啊!

诺日朗,诺日朗。一首诺日朗藏歌曾让我魂牵梦绕。如今站在它的面前,仿佛面对一个健魄浑厚的胸怀,不说水势滔滔,不说跌落铿锵,它汇聚了日月的精华,汲取了天地的灵气,它是九寨的精魂,是九寨的左心室,它的磅礴气势是九寨唯美的不竭动力!诺日朗,诺日朗……诺日朗。

原始森林潮润而新鲜,令人神清气爽,不愧被称为"天然氧吧"。绿,到处是鲜嫩鲜嫩的绿,仿佛刚从牛奶中沐浴过的婴儿脸蛋,玲珑剔透,纯净得忍不住要亲吻的那种喜爱。原始森林里可以看到很多断裂的古树,有的是天然原因倒下的,有的是二十世纪六七十年代伐木时伐倒的,不管怎样倒下的,都是原来倒地的样子,看似横七竖八无序,却从纷乱中显出自然的随意,不像某些景点刻意的摆设雕琢,虽巧夺天工却依然摆脱不了虚假。枯树虽枯,没有了自己的生命,却周身长满青苔,有些地方某些种子安了家,依傍着生长起来,就像鸟儿似的依偎着,好像是它另外的一种生长方式,给人生命之系传递不绝的联想。看着许多没有见过的植物,托着腮凝着神。许多高大的树,生的那么伟岸婆娑,好像有灵魂附着一般,我甚至能感觉到它们注视我的清亮眼神。栈道边,我看见依偎着的两棵云杉,一棵笔直挺立直入云霄,一棵旁逸斜出俊俏婆娑,状若一对依恋的男女,便信口而出:"瞧,一对夫妻树。"引得同伴们兴奋地奔过来,有两对中年夫妻家庭,便争相在夫妻树前留影。他们留影,我退到一边看,他

们幸福的涟漪不断地放大,林子里回荡着笑声,"沙沙"的余音,仿佛满森林每一片树叶都在微微地笑,微微地颤动。我在路边等,却发现一些裸露的树根或断裂面,就像一张张人脸,五官清晰,形态各异,有的狰狞,有的安详,有的张口瞪目,有的垂睑凝视,像萨满跳舞戴的面具,心里肃然升起一种敬畏。寻找四下,人们清脆的笑声,在林间舞蹈,他们脸上泛着在那个年龄少有的青春光泽令人心动。雨,温温软软,无声无息地抚摸着脸颊、鼻尖。鸟叫声在雨滴上,在露珠上,在草尖上颤动,是玉珠在盘子里滚动的叮咚。静,是另一种无声的行走,在树叶上,在草尖上,在蝴蝶的触角上,在蜜蜂吮吸的花蕊上,脚步轻轻。

我深深地吐出一口气,心就在这一刻打开了。听吧,花儿在开放,叶子在舒展,青苔爬上古树的断痕,一只甲虫爬上树干在瞭望。黑土块纯净如墨玉,我将脸贴在旁侧的山体,土地熟悉的气息,像是襁褓里婴儿的味道。

> "看得见的地方,
> 我的眼睛和你在一起;
> 看不见的地方,
> 我的心和你在一起……"

眼睛看到的不过是人间的美景。而风景是永恒的,我来了,看到了,它在那里;我不来,它也还在那里。但是我来了,我的生命因它赋予了某种意义。进入山门的一个激灵还在我的体内,好像一个呼唤。随着进入九寨深处,一站一站前行,一点一点纵深,探秘般的战栗令我小心翼翼。多么干净啊,空气纤尘不染;每一片草叶都那么洁净,每一滴鸟叫声都那么透明。那伟俊的山的骨头;葱茏的草木肌肤;瀑布、溪流、海子的血液;白云的秀发;花香的衣袂。它们那么袒露了千万年,总以一种原始的纯净呈现给世界。一缕微风,风动叶摇,心旌荡漾。"神就是这么来的"。是的,神就这么来了,触摸你的耳垂,呼吸着你的呼吸。

遥望远处,幽谷深深,浓雾一团一团状若莲瓣,浓雾下的深谷神秘幽深。对面山体的雾渐渐飘散,绿色草木围绕着中央白色的岩石,直插云霄。像剑吗?像!剑岩。

更远的山峰隐匿在云雾深处。连绵的雪峰是九寨水的来源,水就是从这源头剑岩的深谷流淌下来的,一层一层,汇聚成一处一处斑斓的海子,圣洁而清纯。芳草海、天鹅海、箭竹海、熊猫海、五花海、珍珠滩、镜海。它们汇聚了天地的精髓,因此不竭不衰,永远静若处子,纯若少女,拥有永远的青春,永远的芳华。

五花海,站在不同的高度和距离看到的景观又是两样。在老虎石上俯瞰,五花海就像一只抖屏的蓝孔雀,华丽璀璨,风情万种。待到它身边,又仿佛置身于一个近似虚无的蓝色梦幻,温柔的水草只需轻轻抖动几下,那蓝便可幻化出无限神秘和妄想。忍不住,忍不住就要投进那变幻的梦乡,那温柔的臂弯。无法想象,如果到了深秋,叶的斑斓和海子的璀璨争相炫耀时,那是怎样的炫动和震撼的美丽啊!后来我的一张在五花海的照片,有人看了竟不相信人物背景是真的风景。

每个来九寨的人都听说了一〇八个海子是色莫神女打碎的镜片变的。但是我更相信,那是沃洛色莫的眼泪,相思不竭,珠泪不衰,爱情的圣水就是一面面灵魂的镜子,一〇八颗眼泪,就是一〇八面镜子,有真爱的人一定会找到自己爱情的镜子。

走到镜海栈桥时,雨又来了。镜海于是不静,雨打镜面,起了褶皱,起了涟漪,无数吻痕激荡着,跳跃着,令人升起要捕捉那无形恋影的冲动。

木质的观景台、栈道上有人在拍照,栈桥上人来人往,桥下游鱼三三两两,对外界置若罔闻,似乎雨打水面,人声鼎沸都与它们无关,它们是另一个世界的。它们都是得道的高僧。我想起很多旅游地的鱼池,越是人

多嘈杂,鱼儿们越是热闹,簇簇拥拥的队伍涌向人流,个个养尊处优,膘肥体壮,大约不是糖尿病就是高血脂,是被游人惯坏了的。

海子对面有谁喊了一声。我寻声望,一个身影,模糊地招手。我不知道他是谁,他在喊谁? 那富有磁性的声音,那么亲切,感觉很熟悉,我不禁地有要走过去的冲动。

雨大了,雨滴在伞上,在我耳边,细细密密地述说,一行行诗歌的雨线在伞骨上摇曳坠落。雨雾迷蒙中,我突然想起了姑苏断桥,想起了白蛇的传说。这是个与九寨无关的传说,可它突然出现在我的脑海。我的心折叠起来,折成一只小船,一根芦苇,像是摆渡的人,带它划向海子的深处。这不是平常的雨,这是神的甘霖! 请打开我的身体,请神灵洗干净我的脏腑肌腠骨头毛发。

雨,时断时续,悄无声息地来,又静默不语地走,很随意的样子,像平常人家来串门的熟客。

天鹅海没有天鹅,几只野鸭状若雅士,悠闲自得在湖里踱步。它们无视人的存在,它们才是这里的主人,人只是如山中一草芥般寻常,并不以人的来访而做出什么。倒是人见了它们,像见了久违的亲戚,远远地呼唤,用相机镜头缩短着和它们的距离。

熊猫海也没有见到熊猫,因为箭竹海上的箭竹二十年才开一次花,开花的箭竹是熊猫的美食。二十年,谁能用二十年等待箭竹开花等待一睹熊猫的芳容呢? 不知道二十年的那一刻会是哪个有缘人的宿缘呢?

熊猫海下有瀑布,称为熊猫瀑布。因为落差大,悬崖窄,水流急,水冲撞下来,迅速被击成无数细小的水滴,很远就看见一团雾水,人离瀑布还是十几米远,就被扑面而来的雾水相拥一个大怀。看似汹汹一团,热烈却不放肆,无数细小的水珠甜蜜地黏在人脸上,裹在身上,更像一种抚摸。难怪熊猫也喜欢在这里戏耍。有一些不怕水雾的人,在瀑布下戏水,乍一看去,就是个个嬉戏的熊猫,但人是没有熊猫珍贵的。如果某一天,人的数量也像熊猫一样了,那时便也是国宝了。

到珍珠滩视线突然开阔起来,山峰好像顿然隐匿了,天空在滩头袒露,恍然一块硕大的璞玉。水是从天上来的,奔腾而下,被斜缓的山坡撞击碎裂,状若珠玉叮叮咚咚一泻千里。那滩头一定有位神匠在雕琢,击碎天空璞玉的一角,珠玉纷纷。相机已经盛不下风景。风景不是几张照片能涵盖得了的,只有你来了,你看见了,征服或被征服了,才能体会个中滋味。

珍珠滩瀑布水珠四溅,轰鸣不绝,对面的山坡传来"铿锵,铿锵"的伐木声和叮叮当当斧锤的敲击声,夹在瀑布的轰鸣里,好比埙笙合奏。寻声去找,有人在坡上一块平地造房子。九寨景区所有的房屋栈道都是木质的。就地取材,清雅肃穆。木质房屋久了,再加上潮湿,都变成黛褐色,有些地方长出了青苔。途中歇脚时,见栈道旁有一小亭,小亭年岁很大了,四柱皆成黑褐色,许多地方裂了缝。伞状的亭盖上长满了草和绿苔,叶子从亭檐四周垂下来,密密匝匝盖住了亭檐,当中还开了几朵红的白的黄的花。三两个游客在亭内歇息,叫人升起另一种别样的长亭日暮般的怀念。这时从亭盖上掉下一些碎屑,恍惚沤烂了的时光锈片。

上车前导游告诉我们,要在下山的时候看海子,一边游览一边下山。于是便反复上车下车,身心在景致中惊叹着,也疲惫着。好比在人的一生中似的,自己就是一辆远途的旅行车,到一个站点停靠一次,有的站点停留长一些,领略的风景多一些,体悟深一些,有的站点一晃而过,许多未可知或过一眼的东西,错过也就错过了。也许九寨还有机会再来,而我们已错过的人生,是无论如何也无法往返。路要前行,无论重要不重要的,都必须忍痛割舍,再好的东西也要舍弃,隐忍。谁说人生不是单程旅行呢?

下山时,都很累了,如画美景在观光车的玻璃上风驰电掣地闪烁。游客们静默着,两个导游互相用藏语说笑,听不懂说什么。这是进入藏区第

一次听见藏话，反倒觉得亲切。工作时他们一口流利的普通话，不穿藏服，不说藏话，与汉人无异。就像带我们来九寨的导游，他不说他是羌族人，谁又能知道他是羌族人呢？少数民族在日复一日与汉人的交融中，慢慢都被汉化了。导游如此，而即使不做导游的藏家，他们原始的藏家味道却也被侵入了浓烈的汉家气息，这在晚上"走进藏家"的晚会中已显露出了汉文化的烙印。

聆听

晚饭后，大巴带我们来到"走进藏家"目的地。这是一个自费项目，导游说，你们一定不会后悔交了这一百元钱的。在九寨县走街串巷，终于到了一条小街。街的两旁，是一座一座院落，院落里两层的小楼，几间小屋和一间偌大的厅室。院子里有玛尼石堆，上面架着牛头鄂博，挂满了黄的白的哈达。我以为是毡房或者帐篷的藏家，却是有着小小院落里的藏家。在传统描写藏族人生活的文字印象里，有院落的大多是土司类别的富人，一般的人家都是随游牧迁徙的帐篷。九寨人的富有，导游在来的路上再三复述过了，我们来不过是见证罢了。玛尼堆、牛头鄂博、五彩经幡、祭祀朝拜，这些在草原看到的祭祀场景被搬到了院子里，便有种被压缩的紧迫。

到院门口，主人家早已在门口迎候，一位中等身材蓄齐肩长发着藏袍的小伙子，说着标准的普通话欢迎我们的到来，两撇浓密的小胡子像一对上撇的括弧，尾须随嘴唇的蠕动翘啊翘的，又像两枚晃动的鱼钩。他手持一杯净水，给每人身上洒了净水道了祝福，敬青稞酒献哈达，赐纸符。纸符一寸长五分宽，上面画着图形和藏文。一番热闹后随主人鱼贯而入，进了院子，按照主人的吩咐，低头合掌于胸，含胸弓腰尾随其后，围着玛尼堆的牛头鄂博，转了一圈。主人说着祭祀鄂博的藏话，很虔诚的样子。我们听不懂，低头看着脚下，亦步亦趋，也很虔诚的样子。

　　一搂房间里的布置与电视画面里看到的藏家设施没什么两样，是传统藏家的布局，雕梁画栋，色彩艳丽，金装粉饰，显尽华贵。四面墙壁都是彩绘，被大红颜色切成四方的格子，彩绘的图案按横竖的格子顺序归列，有寿字及各种线条简洁粗犷的图案；各色不同形态的荷花；供奉着果实、灵芝，珊瑚珍宝的器皿；宝瓶；酒壶；形似海螺的器具；经筒等。迎门墙上的彩绘又有不同，佛龛玻璃门两边各画着八个太极图，正面梁柱上绘着两条金龙。我有些诧异，龙是汉族人的图腾，又摆到了藏族人家正面的房梁柱上，也许这就是汉藏传统文化交融的最好见证吧。佛龛里供奉着一尊释迦牟尼佛像，两边的铜壶里插着孔雀蓝翎，铜质的传统藏家的器具。佛像前摆着铜香炉、铜灯，没有上香，没有点酥油灯。另几尊佛像没有请入佛龛，屈尊在旁侧的架子上，有些随心落座的。从房梁上悬挂下两幅唐卡，悬浮在佛龛两侧，货真价实的金缕绣制的，很精美，一幅是格萨尔王，一幅是释迦牟尼佛像。佛龛两边是几层大小不等的架子，摆着金盆、银盆；金壶、银壶；金杯银杯；灰褐色的陶罐。因为是佛龛，也因为是人家的东西，我想拿起来观赏却不敢动。靠里的桌子放着一幅未悬挂的唐卡，有些陈旧，灰尘也在上面。几条哈达，几件民乐器胡乱搅在一起。拐角的一条绳子上挂着些衣物等东西，也杂乱着，一只灰白色牛角号从衣物里挤出半张脸，喘息着。房间华丽却凌乱，墙上架子上家什器物上都落着浮尘，摆放也不齐整，站不稳脚跟的一些什物七歪八斜地倚着，能立着的也随心所欲，散漫的样子。房间的摆设是这户藏家人财富的象征，藏家人有钱后就把钱兑换成金银雕塑的佛像供奉。导游说看人家的富有程度就要看佛龛里的佛像是金的、银的还是铜的；金佛像的大小、多少；金盆银盆、金杯银杯的数量，等等。低于佛龛的台阶上摆了一溜铜酥油灯盏，好几十个，灯盏却是空的，没有灯油。藏族是个崇尚神灵的民族，有许多忌讳，导游在下车前叮嘱过了不要多动，不要多问，怕言行触犯了禁忌，因此心存疑惑

也不敢多问为什么。

我在楼下的房间多逗留了一会儿,等我上到阁楼,阁楼上的活动已经到尾声,房内光线昏晕,神祇前灯烛摇曳,烟雾缭绕,浓浓的藏香叫人有些闭气。客人都噤声站立,在门口迎接我们的那位蓄小胡子的主人跪在神祇前喃喃低语。还未来得及看清房间的布置和主人的举动,主人已经起立引着客人们下楼了。我悄悄问旁边一位大姐,她说,他是在神灵面前为我们祈福呢,下楼后把你手中的纸符撒到玛尼堆上。我照办了。

廊檐下摆着一溜转经桶,泛着黄铜的光泽,雕着藏文,被大红漆木的架子撑起,木架上绘着彩绘写着藏文。转经筒在一只只手的拨弄下转动,而此时此刻,转经筒似乎已经失去它本质的意义了。

十几个身着藏服的青年男女,抬桌凳,端方盘,都进了左侧的耳房。这是一所能容纳几百人的大房子,四面的墙壁一样是彩绘图案。靠墙四边各摆了三排条桌条凳,桌上摆满食物:牛肉、羊肉、鸡肉;野菜;青稞饼;奶茶;青稞酒。青稞酒是纯正的,酸甜中带涩,爽滑香醇,口感十分好,是青稞的颜色,盛在小碗里,一碗酒就是一张藏人的脸。男人们大块吃肉,大碗喝酒。大厅中央土制炉台生了火,炉上两口大铁锅,里面蒸气腾腾,烟气从屋顶的排烟口出去。屋顶房梁垂下的彩带,耀眼的灯光,烘托出热烈奔放的气氛。

我们进去时,节目已经开始,表演的男女穿着藏胞说着普通话。藏族人对歌舞有特殊的感悟和天赋。开始我以为只有站在大厅里的青年男女才是做表演的演员,随着节目的推进,倒茶递水端盘子的任何一个男女,放下手里的活计就上前表演,大大出乎我的意料。那个引我们进门,始终做主导的小胡子男人,开始以为是主人,其实也是一名演职人员,相当于节目主持人。真正的主人,是一个块头高大,膀大腰圆穿藏服的中年男子,在屋里屋外巡视指挥,脖颈上戴着一颗绿宝石珠子。所有那些青年男女都是主人聘来的,发给他们聘金。这些是在晚会上,我结识的十七岁的央金卓玛告诉我的。房间里狂欢依旧，观众高声一起呼喊"呀索，呀索，呀呀索，耶"！就是"再来一个"。接下来的演员和观众互动的节目把晚会推向高潮，观众和演员互相对歌，为藏族小妹招夫婿，大厅里欢声笑语一片沸腾……这时央金卓玛又来了，坐在我身边，我让她写下她的名字时，央金卓玛摇摇头说，我的文化低不太会写字。我问她怎么不上学？她说上的，上小学二年级后就开始作节目了。九寨小学初中都有，但他们只想唱歌跳舞，唱歌跳舞才是他们生活的灵魂。央金卓玛指着刚上台唱歌的一个小男孩说，他叫金仁多杰，十四岁，去年就开始表演节目了。问到他们的收入，央金卓玛笑着摇摇头不语。一会儿便有人叫她，我听见的是对方朝她短促而尖锐地"嘿"了一声，她便转过脸，和同伴用藏语交谈着。如果他们脱下藏袍，说着汉话，谁能认出他们是藏人呢？

又有一群游客进来了，房间显得拥挤。几位姑娘引着一部分人到院子里，围着玛尼堆跳锅庄。天不知什么时候黑了，院子里灯火通明，如同白昼，酒助舞兴，屋里屋外是欢歌乐舞的海洋。孩子们争着穿藏服照相，藏袍和衣裤杂物乱放在佛龛，披在佛像上，没有人收拾。摇滚乐的激荡，人群的狂呼欢笑，整个院子纷乱热烈像一锅煮沸的开水，每个人脸上都印着醉歌曼舞的狂欢和沉迷。我不禁想问问谁，九寨的藏民们日日如此，夜夜都这么狂欢沉醉吗？

临别时，主人要求客人们把脖子上的哈达挂在玛尼堆上。我们的一个孩子在把哈达往牛头鄂博挂的时候踩在了玛尼石上。玛尼石是神灵之物，踩玛尼石就是对神灵的不敬，这是禁忌。我忙去拦孩子，但脚还是踩在上面，被主人家看到了。我以为主人家要发怒，至少要说点什么，但宽容的主人一笑了之。

如导游所说，再过十年二十年再来九寨沟，也许看到的就是完全被汉化了的九寨。有那么漫长吗？也许五年，也许三年，两年……不可知。

回到宾馆，很晚了，不能寐。

膜拜

第二天的安排是游览黄龙景区。早晨先去购物点参观购物,下午去黄龙。

每进一个购物点,导游都要交代一番注意事项。雨越下越大,雨把人的心侵得透凉,谁也没心思购物,回到车上,却不见孩子们。透过车窗,我看见寅儿从店里冲出来,跑大门外去了。有人说,孩子们在大门口买东西。寅儿在孩子们里最小,我放心不下,跑下去看。小姑娘们在大门前的小摊子上挑水晶饰品,寅儿也凑在一起。我问他,你要买吗? 寅儿点点头说,嗯,我也买。我小声说,那是女孩子玩的。寅儿指指我说,给你买一个。我心里一热,鼻子有些酸。寅儿是个内向的孩子,话语不多,不善表达,他是想给自己的妈妈买个小礼物啊! 我挑了一件黑水晶石手链,卖饰品的藏族老阿妈听懂了寅儿的话,以很便宜的价格卖给我们,亲自戴在我手腕上说,阿玛没挣钱,就当阿玛送给你们的,阿玛祝福你们,神会保佑你的,孩子。

雨更大了,等我们回到车上,全身已经湿透,冷得入骨,然而大雨里老阿玛的祝福是一股暖暖的热流,我和寅儿互相依偎着,用这淳朴的祝福取暖。

大巴向黄龙进发。因为大雨,又是山路,车速很慢。进入景区已是下午三点。

徒步上山,虽然细雨霏霏,却因为山上密林丛生,有可遮挡的掩体,因此比景区外面还要暖和一些。黄龙栈道不多,很多的路是泥土路,原以为下雨土路会很泥泞,于是走的格外小心,走了一段后才发现不但脚底不打滑,连鞋底都是干净的,不沾一星点泥泞,我才仔细看脚下,虽然是泥土路,土质和一般的泥土却不一样,一般的泥土发黏,遇水就变成黏糊糊的泥泞,而这里的泥土颜色淡黄,质地坚硬,遇水不黏,反而变得坚韧。我想这应该与黄龙地质结构有关系,九寨和黄龙水质中都富含钙和铜,九寨地质中含铜量高些,黄龙含钙量大点,水流经处,钙质沉积附着于地表,形成了保护土层的硬壳。

有人说,黄龙的风景比起九寨逊色多了,早知黄龙这样,不来也罢。但是不来怎么知道呢? 许多许多,就因为来了,见到了,经历了,才知道了。好比站在不同的枝头,会摘到不同的果子。

并不是黄龙风景逊色,而是黄龙景色没有九寨丰富罢了。从山下到山上,奔腾的水沿着一条黄色山体倾泻逶迤,绵延几公里,忽而弯曲隐入丛林,忽而奔腾一泻千里,就像一条飞腾游弋的黄龙。行进中有缓坡或平台时,水流积聚于此,便形成层梯状的水洼,泛印着蓝绿色,清澈如九寨的海子。因为雨,水面支离凌乱,残败的样子,提不起人的兴趣。说"九寨归来不看水",还没等到归去,就连黄龙都见不得了。

黄龙有瀑布,大大小小几十个,最大的一个才称作是黄龙瀑布,其气势自然比不得九寨的诺日朗。但黄龙瀑布在没人的时候,站在远处望去,两侧苍葱的山体,隐匿在云雾里的黄龙山峰,飞流直下的黄瀑,就像是巨龙正张开大口喷着龙涎呢。都说黄龙神奇,莫非这就是吗?

很快到了黄龙寺,黄龙寺内有黄龙洞。待要进去,出来的游客说,不要进去了吧,和其他地方的寺庙一样。蹙眉摇头的神色,叫人没了兴致,不去也罢。

绕过黄龙寺,继续上山。有几个人不想再上了,走了几公里的山路,只见一条黄龙在山涧滚动,毫无情趣,便下山去了。

转过黄龙寺,不到一里路就到了山顶。殊不知黄龙寺的背后就是五彩瑶池,没有随队上山的人可要大大的后悔了。瑶池在我的惊叹声里像是被掀起了盖头的新娘,娇嫩艳丽。一阶阶大大小小的堰塞湖梯田样层层叠叠,黄色、白色、绿色、蓝色互相交错辉映,像一件湿漉漉的五彩霓裳

铺陈在山巅。如果天气晴好,这件五彩霓裳在太阳折射下,还要变幻出更奇丽更璀璨的色彩,那简直就是一件斑斓华丽的霓裳羽衣。那么把这瑶池比作一只栖息的凤凰有何不可呢?那一环一环五彩斑斓的瑶池不就是凤凰翎羽吗?

瑶池上驾着木质的栈道,人在瑶池上行走,恍然在天空漫步。两岸的山峰葱葱莽莽,大雾将山体拦腰裹住,如一道巨幅的纱屏。对面山脚下的栈道上站满游人,那是坐索道上山的游客在另一处风景点看风景,他们的身影在绿色的苍莽里闪烁着五颜六色,就像一道花边镶嵌在绿袍子上。而在对面人们的眼中,瑶池里的我们又是怎样一番景象呢?真不是神仙而赛过神仙了!

攀上半山腰的观景台,雨雾里的瑶池更像一朵盛开的五彩莲花,一阶一阶彩池就像一瓣一瓣莲瓣重重叠叠。莲是千手佛的化身,佛法无边,佛无形。瑶池之上,翩然成仙。

走下观景台,在山巅再望黄龙寺的背影,位置的倒错,又生出别样的风景,有一种美术透视的视觉效果。谷坡中央的黄龙寺,好比镜头的焦点,两侧的山体就像是被收进了黄龙寺后,又倏然被放大开了。黄龙寺之上的苍穹是莽白的天光,它的背影又是瑶池流彩的水光,瑶池里那白的黄的绿的蓝的五彩的溶液都尽数被黄龙寺收入腹中。忽然一阵风,无缘由从何而来,呼啸着,要唤醒什么似的,树叶狂舞,身上的雨衣猎猎作响。只一瞬,突然又没了,无影无踪。人都噤声停下脚步,四处张望。天地静得好像所有的万物在这一秒才刚刚从母腹生出,世界才刚刚开始。他们都走远了,我还愣在那里,好像那阵风喊走了我的魂。

雨就在这时候停了。大雾像大批撤退的士兵,一拨一拨开拔。

过了黄龙寺,天色明亮了许多,雾越来越淡,越来越薄,就像有人慢慢撩起纱帐,轻轻打开神龛似的。待雾气全部散尽,对面的山峰,就像一尊刚刚沐浴过的佛,慈祥安宁。莫非,这才是真正意义上的神祇?我不由得望天一拜。

离开黄龙去川主的松潘古道，盘山路环环绕绕。相传这条松潘古道就是当年松赞干布迎接文成公主进藏的路。文成公主进藏，带去了盛世大唐的文明，带去了耕织蚕桑等农业技术。藏人对松赞干布和文成公主的膜拜不亚于对传说中的格萨尔王的膜拜。他们常常把松赞干布和文成公主的画像和雕塑供奉起来，当作神灵祭祀膜拜，祈望风调雨顺、幸福安康。千年之后，新中国成立，解放西藏，翻身农奴迎来了自由幸福的生活，藏家人视毛主席是红太阳，共产党是大救星，红歌嘹亮，渗进每个人的心灵，传唱不绝。如今，盛世中华空前的繁荣昌盛，营造了和谐的大家园，汉藏一家亲，藏汉两家是一个母亲的两个女儿，在祖国母亲的怀抱里安享幸福、安宁、祥和。

逼仄的山路旁常常可以看见巨大的白石头。相传几千年前，文成公主走累了就在这石头上歇脚。大雾里我恍惚看见一名唐装的女子，面朝长安方向，望呀望……归乡的路，长得没有边……白石头啊白石头，如果不是文成公主的一滴眼泪，就是她落下的一块手帕，是相思，是千年的静卧。

夕阳落山，大雾翻滚，一切陷入虚无渺茫。车辚辚，光昏黄，两片橘瓣穿不透雾的浓重。除了马达的轰鸣，人们一起一伏的鼾声，把黄昏一点一点填塞。寅儿在我怀里睡着了，大雾里滚动着鸟叫声，大雾把鸟叫挂在车窗，像是一个熟悉的人在耳边唱。

"看得见的地方，
我的眼睛和你在一起，
看不见的地方，
我的心和你在一起……"

第二辑 两行牵挂

065

黑河湿地

择一个黄昏,秋末,黑河岸边。租一辆单车,在湿地姗姗而行。微风拂面,栈道两边的芦苇发出沙沙的语声。落霞在湖水中相随,像另一个人在伴。天晴朗,水汪洋,连天芦苇使天地有要黏合在一起的错觉。这样的空远辽阔,似乎是江南水乡常有的画面,在大漠戈壁包裹的河西走廊真实地展开,不由人生出一些想念。这想念,一会儿是一个人,一会儿是一个记忆,一会儿是一个什么特定的场景,不确定地在脑海里回旋。我莫名地感动起来,为天地的安详宁静,内心涌动着感恩的微澜。

就这么缓缓独行,进到湿地深处。回头望,雾淡淡晕染了远处,芦苇荡渐渐模糊成一个朦胧的背影,水墨画般浓淡随意。没了芦苇遮挡,影子长长的从栈道折到湖里,像是伸进一只桨,划动身体的船。湖中几片落叶指着水流的方向,如忧伤的眼睛一寸一寸远去了。秋风起,吹皱湖水,还有我的影子。

湖中草甸或者连成一大片,或者被湖水切割成小块。小块的草甸好像是被湖水托起的,我走它也在走,我不走它还在走。但最终我是要走的,它是这里的,是这幅湿地水墨的底蕴,永远不能褪色。草甸过去是林地。夕阳在树林背后,像一只张开翅膀的鸟,丝丝缕缕的金羽织成一件霓裳斗篷,湿地便呈现出华贵气象。湖心岛上,不见野鸭,不见鸬鹚。归巢的乌鸦,三只四只,两只三只投进树丛,间或进了夕阳。周遭都寂静下来了,突然飞出一只鸟,掠过湖面,停在不远的崖坡四处观望,忽而又飞起,又落下,又飞起,徘徊一圈又回来,不知何意。如雪的芦花,横过芦苇荡铺在湖面,苍茫而凄凉。这时候我便抬眼望天,一方明镜里,似乎有字,缥缈影烁。那么天是真的凉了。

白露一到,便有了霜。因为白露,因为霜,湿地的色彩便多了斑斓,富有了朴素而温婉的诗意。黄的、红的、紫的颜色,在各种树的枝头,灌木的身上,或晕晕点点或大片大片地燃烧,在萧瑟来临之前,拼却了全部精力和激情绽放。紫菊的紫,红柳的红,野白杨的金黄……遍野姹紫嫣红,倒映在水中,水中的天空映衬着满湖锦华,云影如烟。四下里人影寥落,鸟迹无声。满眼秋色,总让我联想起那些气质上乘的中老年女子,试想,一身花衣映衬银丝华发,不就是一枚凄美的落叶吗?"白露为霜,伊人在水一方",最是贴切。

拐上堤坡,堤上有柳,坡下又有芦塘。一些柳枝互相缠绕挽成了结,一结缠着一结,层层叠叠,好像是将解不开的心事,探问湖水。一只红蜻蜓缓慢地从湖面滑翔上岸,停在柳结上,一动不动。风吹也没有惊动它,我的一声低咳也没有惊动它。如果它不是信使,那就做一把锁吧,总有一些心事藏于心底,从不开启。走过了,我还回望,它依然在那里。或者它是累了,找到了一处挨靠歇歇。

停下车,走下堤坡坐在湖边。寂寞卸下,搂抱在怀。芦苇开始枯黄,枝叶还是柔韧的。我想知道如此纤细修长的身体在湖水的冲击下是怎么站住脚的。我弯下腰试图拔起一棵,抓紧根部使劲往上拽,水底有一股很强的力与我抗争着,并从根部发出"吱扭吱扭"的叫声。费了很大的力,也没能拔起一棵,"吱吱扭扭"的呻吟锯一样割着寂静。我当然不会因为满足好奇毁了一棵芦苇的生命。我却知道了,它的根是深深扎在湖底的淤泥里,扎得越深,站得才越稳,水冲不走,风拔不起。这就像我们内心的某种坚持,再大的风雨也不能摧毁。

　　黑河在这里稍做歇息,迂回后又奔流而去。黑河在湿地被开发前,只是一条流淌了数亿年的内陆河,起源于祁连山,终于额济纳旗沙漠。我一直把黑河比作一个男人,河床的血管里流的是祁连山的精血,在这阳刚之水的润泽下,黑河两岸的万物生生不息。《山海经》里的神话传说,河流是夸父的精血变的,夸父倒下了,他的精血化作河水,奔流不息。黑河就像是秉承了夸父的魂魄,奔入大漠也无所畏惧,焦渴而竭,悲壮雄浑。那时我总把黑河两岸与远古的狼烟烽燧金戈铁马想象在一起。三千弱水边,月氏人、乌孙人、匈奴人、吐蕃人,来了又去了,如一片片落叶在历史的长河里飘远。黑水国的残垣断墙则更像凝固的一道历史遗撒。他们都走远了,黑河目送他们一步步走远。黑河积淀了多少岁月的伤,无从知道。原来的黑河是没有梦境的,奔出祁连山,一泻千里。现在,湿地改变了黑河,黑河因为湿地而有了的梦境,有了梦境的黑河丰富、安静、成熟,赋予了审美意义的历史性跨越。

　　烟波浩渺,落日在遥远的祁连峰顶缓缓滑落,湖水在昏黄的霞辉洇染下梦幻迷离。我想,这黑水河畔,月氏的公主,黑水国的王妃,最爱美的阏氏,河水一定记住了她们美丽的容颜。那粼粼的波纹不正是一弯一弯美人的笑吗? 叶子黄了,飘落下来,在湖水里打起一圈圈涟漪,时间的一声问候啊,落在二〇〇九年秋天,我的眼前。

丹霞地遐思

　　河西走廊的蜂腰段，甘州、临泽、肃南交界处，方圆数十里的丹霞地貌以它的旖旎和神奇吸引着众多的观光者。五月，我们驱车前往。进入丹霞地貌，不禁诧异起来，不仅仅诧异于它的神奇，还有从思维深处漫起的一种似曾相识。仿佛我的前身到过这里，每个细胞被一种熟悉、久违的亲切充斥。是的，我应该熟悉，多少次我的梦被这群山和色彩淹没，梦的气息里蔓延着丝丝咸咸的碱性气味，这是血液的腥咸，这腥咸的气息早已融入我的身体。

　　一座座连绵的山，一片彩色的海洋，群山起伏，七彩的波涛涌动，在幻象里不断变换、演绎着。那座赤色的山丘如火山岩浆喷涌倾泻，山丘覆盖着白花花的盐碱，好似刚刚落了一场小雪，妖娆而艳丽；由南向北蜿蜒漫过一片山丘的彩带仿佛一道彩虹从人间跨向天堂；象牙白的坡上横出一溜绛色，是谁给美女耳垂上留下了一道结痂的齿痕；东面那座山好似满山杜鹃花盛开，橙红的火焰鲜艳而灿烂地燃烧，我突然想变成一只蜜蜂，在这一片烂漫中，醉死在一朵花蕊中；那么翻过山梁，在半山腰彩莲上打坐的大佛是为谁超度？……站在高高的山冈，伸展的胳臂揽不住满目的流光溢彩。瞧瞧那红，是胭脂的红，是落日的戈壁上河西汉子手擎的一杯带血的烈酒；那白，是月光的白，是匈奴腰间的弯刀寒光在闪；那蓝，是海的蓝，天的蓝，是千年积雪燃烧的荧荧的蓝，是焉支女子黑发上的马莲

花环……

闭目。置身于一种寂静！多想就此坐化,魂魄自由徜徉于这片绚丽之中。哪怕为它添上一抹靓蓝,一缕黛紫,一笔橙红,就是一片白,也是澄澈干净的。我把思绪织成一双透明的翅膀,试想自己是一只鸟,群山的色彩是为我披挂的羽衣,霓裳飘飞,一只彩凤翩翩。或者化为一只彩蝶也好,那座山体不就是成百上千的彩蝶在那里飞舞吗?

站在高高的山冈,俯瞰丹霞地貌,好像打开一部巨大的书,眼睛里伸出的手指翻动每一座山丘的页面,咀嚼每一个石头的文字。彩岩上寸草不生,孤傲得拒绝任何生命植根！有什么能侵入它坚盾般的肌肤?它炽热的胸怀怀纳的是风里雨里矗立了几千万年、几亿年的不朽！它的荒寂、它的粗粝、它的冷硬、它的波澜,甚至一只爬上岩石的甲虫都是羁傲的！我的骨头在隐隐地疼,骨髓里游离的孤独啃啮神经的"咔嚓"声在几公里长的动脉静脉里恣肆、蔓延、渗透、冲撞。这些感觉渐渐模糊成形,慢慢在意识里清晰——那是一个幻影。是一孔瞳仁里写过的一个字。如果灰白的天空是一张纸,用我的一生写一个字能否写满? 如果夜空里的星星都是那一个字,用我的一生摘取能否摘完? 那个肯让我用一生写一个字为你的人啊！你葵盘一样动情的脸在何方?

风澹荡,沙尘弥漫,四野茫茫,五月干渴的嘴唇舔舐午后的寂寥和我怀揣的惆怅。峡谷幽深,幽深处一股细流,是从哪道时光缝隙里流出弯曲成一个"? "——你从何处来,要往何处去?

远处的山头上,有人在呼喊,空谷回音像一圈一圈涟漪荡漾,在我的耳畔却像诵经声般涌起。如若我的身体是一只经久未曾推动的经桶,是谁接走了我的金轮?

仰望太阳,一盏酥油灯,光明在天上！多少灵魂在火焰里熠熠生辉,还有多少挣扎的心灵渴望安静的天堂！

一拨一拨的人来了又去了,像是一片一片落叶,刚刚坠地,又被风卷走了;一辆一辆车,像是一叶一叶浮舟被彩色的海水冲刷着,留下两道浅浅的辙痕,又被浪潮推远了……

回赶。

影影绰绰看见城市的影子。

留恋还在轻轻敲山坳里的一处洞穴,仿佛是敲通向另一个时空的门。两只飞蚁,在洞口,像是从远古走来的两个喽啰。

车轮飞驰。平原莽莽。暮,在离人心上。

肃南行记

常听人说起肃南,却从没到过肃南。肃南是裕固族人的家乡,在我,是一个令人神往的地方。今年十月同学小聚,提议去肃南,我欣然随往。

大约走了三小时,颠簸的大巴像一艘小船终于靠岸。在肃南车站下车,我有些晕头转向。我是一个方向感很差的人,只得紧紧跟随在他们身后。

十月,秋风猎猎,小而劲,没有飞扬尘土。在河西走廊,四季都是飞沙走石,唯独肃南县城弹丸之地,受祁连山的庇护,风沙从不肆虐。四周都是光秃秃的山丘,山坳里的白杨树叶子已经泛黄。环城而过的隆昌河,好像一条洁白的哈达,挂在小城的颈项。城市建筑依山势而建,颇具匠心。山坡上的楼宇使我想着住在海拔三千米高的人,是否过着伸手摘星辰,耳闻仙人语的生活?

小城很小,在祁连山麓一角像一个倒置的梨形,这一形状使我想到孕育生命的殿堂:子宫。肃南的子民世代吸吮祁连山的乳汁繁衍生息,汲取了千年冰雪的纯净和质朴,姑娘们美若雪莲,小伙子剽悍健壮。我想大约因为是祁连山腹地,是神栖息的所在,肃南才有如此神韵。你看那座座山顶飘动的经幡,祭祀鄂博时的虔诚庄严,怎能不相信神就在这里歇息。

从一座名为"神鹿园"广场出发的两条街道,将小城分为两半。广场中心的神鹿雕塑通体翠绿,面向雪峰,神态安逸,鹿角像两棵美丽的珊瑚树。神鹿面对的街道直通雪峰,另一条通向小城中心。他们说每逢肃南进行民族活动,或周末、节假日,广场上灯火通明,人们举杯欢唱,跳胡腾舞,跳锅庄舞,好不热闹。这一次,不知有没有机缘相遇。

肃南是裕固族、蒙古族、汉族混合居住的小城,我想应该有具有民族特色的物品出售,但找了许久没找到,商场里摆卖的还是汉人的东西,这叫我失望。行人多穿汉服,与我们无异。我心目中神话了的肃南,古老的尧敖尔民族,在世代生存繁衍中也潜移默化被汉人同化了。虽然听不到城市摇滚的喧嚣,但也听不到马头琴的悠扬,这叫我伤情,黯然。许久了,只见着两个民族服饰打扮的老妇人,我特意留神看她们,觉得满街的佳丽,只有这两个老妇人是最美的。一个手里擎着转经桶,一个背上背着篓筐,叫我心里升起许多神秘而诗意的情愫。

十字路口没有警察,没有安全岛,没有红绿灯,没有斑马线,这叫我惊异。行人多徒步,车少,自行车也少,街道窄,两条街的长度都不过几百米。单位和住宅都很集中。即使有车,也多是越野车。肃南几个区相隔遥远,从皇城区到祁青区或祁丰区,远隔上千公里,又是山路,只有越野车才能行进。但我还是怀想没有现代交通的远古年代,那个身穿羊皮袍,头戴毡帽的胡人(把他说成一个鞑靼,一个匈奴,一个鲜卑人都未尝不可)飞身上马,箭一般飞出去,越过大漠荒野,穿过千年雪山……一条路也许就走到了天上……思绪飞扬,一股野性的暗流汹涌,我似乎是为寻找什么而来的。果然,在十字路口又遇着两个穿藏服,留长发的汉子,黝黑的脸膛,敦实厚朴,眼神是亲切的、祥和的,然而我依然感到一股剽悍和勇猛之气扑面而来,似乎是在他的骨头里、身形里散发出一种原始野性的气息。目光相撞,就在这一对视中,我似乎看到了草原的影子,裕固族骑士的影子。

一个穿红色民族服装的小姑娘从我身后跑过,像一团火焰在跳跃。不知从哪里传来一声"阿拉旦"的叫声,小女孩戛然止步,四处张望,没有瞅见熟悉的人,扭身又跑了,拐进一个小巷。追随着她的身影,在她拐弯处看到一家店门前挂着几件民族服装,我们惊喜地走进去。小店是一家专门定做民族服装的裁缝店,并不出售。几件还没完全做好的民族服装,有蒙古族的、有藏族的、有裕固族的,但却不是想象中裕固族嫁娘穿的婚礼服,我大失所望。曾经听肃南的同学讲过,她母亲、姐姐和她都有一件漂亮的嫁衣,尤其她母亲的,还被民族陈列馆收购去,当作民族服饰珍品收藏了。据她讲,那件嫁衣,前襟各坠着十八个名贵玛瑙,袖子上各坠着十五个宝石,还有金银饰品装饰其间,光彩夺目,雍容华贵。一件嫁衣做下来价值好几万,甚至十几万,是一个裕固族姑娘终身引以为豪的嫁妆。我是多么想见到这么一件漂亮的嫁衣!我向老板娘讨教裕固族新娘嫁妆的问题,打搅了她干活。她看我是外乡人,简单答应了几句,便低头做活。墙壁上一个玻璃小橱窗里摆放着几把藏刀,有一把纯白色的小刀,小巧精致,我看了很喜欢,想买下来。可老板娘只顾做活不再搭理我。同伴也不耐烦地拉我出了门。

走在街上我闷闷不乐,一直想着那把小刀,他们拗不过我,又陪我去那家小店,但等我们赶到时,小店已关门了。那把小刀我总是忘不了,每当想起肃南,想起那个秋风泅醉的黄昏,那把小刀就像一弯月牙刻在我的记忆里。那家小店对面有个名叫"西至哈志"的小店,吱吱嗡嗡响着电锯声。假如有下次,我一定找到"西至哈志",找到那家小店,找到那把弯月小刀。

过十字路口向南,到了隆昌河畔。对岸一座小山丘,沿着山坡住着人家。此时夕阳从远处的山梁迸射出万丈霞光,山丘仿佛少妇头上绾结的发髻,一排杨树像是插在发髻上的一把金梳子。天地流淌着金光,小城是金色的海洋,行人是金色的鱼儿。隆昌河波光粼粼,一河金色的火焰,在裸露的灰白石头间燃烧。河水来自祁连雪山,是最纯净最圣洁的神之血液。如果不是冷,我真想跳进隆昌河,用这神之血液洗涤我的双眼,濯清我的手足,洗净一身的污浊。

两片落叶像我的脚步跌入河水,蝴蝶般飞入桥洞不见了。我还盯着河水出神。我想我是爱上这座小城了。如果在南山坡地,搭建一座小屋,雄鹰做伴,牛羊欢腾,自由、快乐地流浪,是多么美好!

天色渐渐暗淡,我还独坐在广场,盼望漆黑的夜突然亮起灯火,人们从四面八方涌来,弹起马头琴,跳起胡腾舞,让欢乐淹没黑暗。然而许久了,只有脚步落叶一样流浪。脸上一滴水渍,不知是泪还是雨。

让所有愿望和幻想在梦中相逢吧,我的肃南之行。

冬日湿地印象

午饭后,闺蜜王霞执意挽留,我执意告辞。在我看来,别人的幸福只会放大自己的孤独。一个人走走,更好。

市区东郊,深冬的蓝天,砂石路两旁,草枯黄。蓝天下湿地公园苍茫而荒凉,恍惚年代久远的某种遗忘。

湿地公园尚在建设中。大门上一条沉重的铁链，挡住了大小车辆，门口大片的土地空空荡荡，瓦砾和垃圾随处可见。我有些怀疑，是出租车司机和我开玩笑吗？往里走，只得见不远一处废墟，几座破房，倒在门口的钢筋混凝土，断梁和裸露的钢筋条。到处是瓦砾碎石，残垣断壁，高墙上拆了顶棚的装饰塑料纸条，闪烁如磷火，游魂一样飘荡。它对过的路那面，一摞一摞水泥石条卧在一架起重机旁，孤零零的好像动画片里变形金刚断了的一只臂膀。

　　远处，黄褐的沙土，月白的湖水，突兀着冬日草木的衰败。更远处的湖心亭，模糊而神伤。听说湿地开发时一个包工头带着六个民工去湖对面小山上运送物资，船翻人亡，无一人生还。所送的物资就是修建那一座小亭的。人去亭在，山上的环山松柏是永远的默哀。若尘世间有灵魂存在的，那么那七个灵魂是永远伴随着湿地了，湿地的水，湿地的一草一木，都是可以感召着他们灵魂的气息。

　　沙石路松软，我的鞋跟于是在它上面，一路攘出创痕来，尾巴一样紧咬。走过砂石路便没有路了，所谓的路是随人群踏过的足迹自然分岔了，一路拐向西边，是一片水域。另一路拐向东边，也是一片水域。中间，当然还是水域了。只是人为的分开了两边，这里和那里的水却总是相通的，都是一片淡蓝的光，亮晶晶结着冰。西边靠近栈桥的，有几座房，紧闭着门，大约是湿地管理人员办公的地方。岸上的平地倒扣着一排排小船，拿塑料帆布覆盖着。所以栈桥当然是空的。湖上当然也是空的。东边那头好像什么也没有，但是传来热闹的声音。

　　栈桥有三处长长伸进湖水，形似码头。是用铁架撑着木板，两边用废旧的车胎竖起挨次连接排列支撑，这样因物因地制宜，倒是独创，不管它怎样，反正是栈桥。

　　靠近栈桥的一弯水域没有结冰，波光粼粼，弯弯的像一镰月牙，月牙内弯向更远延伸着的是坚实的冰，外围就是岸，两边都是凝固静止的，唯

有一弯月牙,涟涟的波纹,就好像这一片月牙是从天上掰下来的,种在水里,所以活了。水与冰的交界处,有两个相互挨着的白色的点,浮标似的,但又不是浮标。便认为是两块石头,但又否定了,因为那里是湖中,不是岸边,有石头也是要沉下去的,怎么会浮出水面呢? 走近去,看到了头上两点橙红,或者是那两个白点发出"嘎嘎"的叫声,我才恍然,原来是一对白鹅,用叫声欢迎我的到来。然而它们只是远远地递送着叫声,并不显出多少热情,只在原处交颈亲昵,旁若无人。一只红喙麻鸭在它们不远处嬉水,对它们和我,一样的置若罔闻,兀自游来游去。

除了偶尔飞过一只鸟,渐次就是风打湖水起了皱褶。从湖心推来的粼光,起于冰界,止于冰界,动静之中,呈现出二维画面的动向。波浪推着波浪,不断前行,恍惚时间把现在一点一点吞噬。湖面与天空的缝隙间,撑着一大片芦苇的枯黄,又像是这一片衰草黏着两块明镜,要合二为一了似的。那么此时的天地岂不是一个开启的巨大蚌壳了吗? 人呢? 是一粒黏进岁月浆液里的珠砂吗?

而几处湖心岛上,枯黄的芦苇从中腰封冻在湖心,冰上的一截,扬着枯败的穗子,更像许多许多无以名状的东西……无力的挣扎。除了枯黄,再没有什么了。那是一片不能抚触的哀伤,它会触动内心支配疼痛的神经。如果是一个人,怎样才能把往事彻底封存乃至遗忘?

偶尔会有几声鸟叫挤进寂静的缝隙,却又不见踪影。远处栈道边的闲椅上有两个人,我的心里便升起一丝温暖。沿着栈道朝着他们的方向慢慢靠近。

随手拾起一个物件,是一截柳条,我便用柳条抽打冰面,感觉像赶着一湖的羊群。

时间的走动是看得见的,比如现在,时间滞留的痕迹,封冻的湖水,封冻着芦苇枯死的原样,靠岸的地方倒伏在冰中,一排一排,有意排列似的。一些被烧过的,焦黑地胡乱堆积,像一堆丢弃的墨画笔,都依着封冻时的模样,暂时凝固在过去。冰面上许多被利器划过的痕迹,翘起的冰块凌乱碎裂着,破坏了它初始的质地美。我有些伤神。幸亏是冰,如若是一颗心,被那样破坏过不知会碎裂成什么样子了!不知是哪个闯入者,撵得它伤痕累累却顾自转身离去。

一方天空,有一只灰白的大鸟在盘旋,那种盘旋的姿势绝对是鹰的姿势,但又不敢断定那就是鹰,我从来没有见过白色的鹰。它平展着翅膀安然地滑翔,恍然闲庭踱步的雅士。我心里惊异,城市的天空怎会飞出一只白鹰?

不知走了多远,原以为已经到了开始看到的人影的地方,但望远处,远处木椅上的人影却依旧在相似的远处。我有些恍惚。四顾茫然之后,才发现不经意间,我已经错过了之前看到的人,走进了更远的远处,看到了另一个人。之前的和眼前的景色是多么的雷同,也许人一辈子就是这样走过的吧?

那么,该坐下来歇歇了。在栈道边的木椅上,卸下疲惫。木椅两边的石头上雕刻着中国二十四节气之一——白露。白露,"白露为霜,伊人在水一方"。夏赏诗荷池,秋饮黄花酒的日子,去而不返。一块石头,一团蒲座,一座湖心岛且看作一尊莲花。我现在,从来处来,又往何处去呢?影子趴在脚边,忠实如仆。前生,来世,今生,收在天地的大镜中,我在镜中静寂着。咀嚼一句诗:"醒时同交欢,醉后各分散。"

远处的两个人影动起来,走下栈道,走进湖面。在月白的冰面上,男的背着女的,女的红衫像一朵盛开的牡丹,被男人托着缓缓飘进湖中央的芦苇旁。他们在冰面上舞蹈,男人抱起女人旋转,红色的花瓣流动如雨。之后,他们互相搀扶,步伐一致行进在冰上,多么陶醉。但不一会儿便从远处传来突然的呵斥声,很快,一辆自行车载着一个人沿着栈道飞速朝他们的方向冲去。是湿地管理员,左胳膊上的红袖箍印着黄色的字"管理"。我顺着他手臂指的方向,看见栈道边的牌子上写着:冰薄危险,严禁

滑冰!

那一对情侣自然回到了岸上。他们的行程中还会有多少这样断然的棒击,但这又算得了什么呢?

我突然想起刚到湖边迎接我的那一对幸福的白鹅了。

果然,等踅回到栈桥上,两只白鹅像见到老朋友般高声欢叫,在水中欢快地游动。两只鹅,动作默契,或者引颈高歌,或者曲颈静卧,或者相伴飞速前行。这时,只见一只翻一个跟头栽进水里,头扑进去,"扑通"一声激起些水花,紧接着再"扑通"一声,整个身体翻一个跟头扑进水里,激起更大的水花,随即"噗"地从水里探出头浮起来了。这一只浮出水面,那一只紧接着也翻一个跟头扑进水里,扑通扑通拍激起水花又"噗"地浮出水面。两只鹅,于是为它们的欢乐发出欢快的叫声,同时又一起翻着跟头扑进水里,扑通扑通拍激起水花浮出水面,像是在表演水中芭蕾。颇有夫唱妇随的和美。我看得呆了,对这激情的表演发出内心的欢呼和掌声,两只鹅也应和着叫声和掌声,愈加欢快地舞蹈着。它们把身体在水面上直立起来,双蹼迅疾地划水,翅膀迅疾地扇动,像两朵盛开的百合,又像两只开屏的白孔雀。终于,两只白鹅停止了嬉闹,相互吻颈抚慰一番,相携慢慢向远处而去。一切便始于宁静,又归于宁静。而那一只红喙麻衣的灰鸭,依然停在远处,形单影只。也渐渐远去了。

东边的嬉闹声,是从溜冰场和沙滩传来的。一阵一阵的笑声和叫声从远处撞击进来,填塞着空旷,又不断被空旷吞噬。

空地上一对父子擎着一只五彩的人字风筝放飞。父亲拽着丝线和滑轮,孩子托着风筝,顺着风向奔跑,不知是孩子太小放飞的力度太小,还是什么原因,风筝飞得并不高,在空中勉强爬了爬,经过一排柳树梢就飞不动了。父亲迅速摇着滑轮收线,还是晚了,风筝像一只折翅的鸟扑在树上,直往地上栽。

这时天空中那只灰白的大鸟又出现了(我总是不甘心称呼它为鹰)。

天空没有云彩，蓝的没有瑕疵。因此天空就像是它一个人的，随它怎样支配。鹰是天空的儿子。崇拜天地自然的草原民族则把苍鹰视为神灵，像敬畏苍天一样膜拜苍鹰，视为图腾。如果它真是一只鹰，那么它从何而来？为何要在这城市的上空徘徊？

我上到一片空地，脚下的枯草嚓嚓作响。眼前是一副热闹的景象：滑冰场上一群孩子在滑冰。一对少年夫妻带着两三岁大的孩子，孩子坐在三轮童车上，两人一前一后推着孩子滑冰。孩子时而发出高兴的笑声。几个男孩子刨了冰块来玩，互相用冰块击打着对方，引得小男孩也从车上下来，但是大孩子们不要他，他便生气似的踢起脚边的一块冰，却不知那冰块是冻在冰面上的，反而踢疼了他的脚。他越发生气了，不顾母亲的阻拦，从小车上取下一根塑料棒，气哼哼地敲打起踢疼了他脚的冰块。他那样执着地敲打着，他的父母就在一旁看着，两人亲热地说着话，不时比画着，真像《雀之恋》。他的父亲手里牵着三轮车的绳子，以身体为中心牵动起绳子划圆，三轮车因此围着他滑行，像一只穿了绿色外套的小狗，在冰面上一圈一圈欢快地跑跳。

滑冰场旁边的沙场地，几十个青年男女在蹦跳嬉闹，围了一个大圈在做什么游戏，中间围着几个人，大圈的人手拉着手快速跑动。不久就有人倒在沙地，接着又倒下一个，又倒下一个，接二连三倒成一大堆，叫嚷着，快乐着。还有几个在翻跟斗，倒立走，翻车轮。都像是有无穷的力气和青春，都要在沙地里尽兴地宣泄。

太阳格外的暖，小阳春似的，谁能相信是三九天呢？这可确确实实是三九的天气，三九的第八天，天气异常，热得像小阳春。如果记得不错，后天是大寒，天气是要变的。所以树木知道还是三九的天气，枯黄的依旧枯黄，萎谢的依旧萎谢，灰扑扑的，在空地上、在坡上、在冻土中，坚忍地等待。

就在我上一道土坡的时候，突然看见一个放风筝的人了。

土坡是多么安静啊,荒草荒着,黄土冒着烟,草籽儿随意地滚动,我的到来也只是增加了一些窸窸窣窣的声响。就在这个时候,我正想着上到那最高处的时候,突然发现了那个孤独的守望者。他在坡上灌木的丛中,心无旁骛地仰头望着天空,手里分明是一副风筝的丝线滑轮在转动。而此刻,在天空,那只灰色的鹰一样的大鸟,正飞得那样高,那样远,那样自由自在,逍遥自得。

焉支山下

从白石崖折转焉支山,到了栖营地,稍作休整,兴致高的人们去寻找兴致。一些人去爬山,一些人在毡房喝酒。我,在毡房边的山梁独享了一个下午。

一个下午的寂静比一个人的一生还寥远。天空里盘旋着一只山鹰,在水一样的蓝天上划着波纹。阳光在飞,快得让人恍惚,谁知道它在洗什么呢?滚下几星雨来,才又抬头找就又没有了。刷洗的痕迹,是两三匹云,长长的缠绕,飞天的绸缦。一会儿又变了,好像是被那只老鹰赶着的羊群,一会儿又四散,被风吹的不成样子,碎了,化了。黑老鸹隐在哪里?叫上一声,又叫上一声,不出来也知道什么模样。蝴蝶呢,想往哪朵花上飞,就往哪朵花上飞,不想飞了,停在地皮上也是心无旁骛。各种虫子,想叫就叫,不想叫就不叫,想翻出草丛就翻出来,想爬上你的膝盖就爬上去,大摇大摆,旁若无人。我还是请它们回家吧,它们也不拒绝。座下的石头有正午的微温,暖暖的。一只蜘蛛和我抢地盘,通体透亮,脚很长,隽秀的,是那种人们说的喜蜘蛛。但是现在不是,早晨见了的喜蜘蛛才有喜。我就把石头让给它吧,蹲在一边看它丈量新领地,但它盘踞了一刻还是走了。阳光有着胖胖的脚,穿进林荫,踩一下,一摊金币,再踩一下,又一摊金币;有一丈,索性钻进深处的密林,裹在一颗树干根部,猛一看,我以为是谁的背影蹲着。各色各样的花儿啊,谁见过这样恣肆的,由着性子,愿意怎开就怎么开，匍匐在地上也照模照样抱着大地亲吻。破破果（野草莓）想藏也藏不住，大叶子下露出一点红，"犹抱琵琶半遮面"。

"姑姑……姑"，什么鸟？不急不缓地喊。沉沉地叫，"姑姑……姑姑"我就想起一个传说：那是小时候在田间听见这样"姑姑"的叫声，妈妈讲的，这个鸟是嫂嫂变的，为了等小姑子，就变了鸟不停地喊"姑姑"。

它又喊"姑姑……姑姑"，我于是应道：我不是你的姑姑，不要等了吧。果然它就不再叫了。想躺下来，就躺下来，压弯了青草，然后慢慢抬起胳膊，看匍匐的草一点一点直起身子，等它站起来了，再压下去，再缓缓地抬起，再看它很执拗地又一点一点抻着脊背站起来，胜利地执拗。

青草为什么是牛羊的美味？咬一口，苦涩的。就想，这么难吃，牛羊为什么当它们是美味？但是靠近根部浅黄的嫩茎有一点甜，是马樱子七月的味道，它们不厌烦地咀嚼，就是想尝尝这一点甜呐。就有些感动，抱着这棵青草，抱紧这点甜的味道。

嗯，就这么抱着吧。天蓝被子，花草床，左侧谷，右手树，日影高悬，我就是菩提……谁在心里说：多么美好啊！幸福随后就扑来了。

对面的山脊背后，是更深的一条峡谷。缓坡上一头青骡吃草，那么专注。金露梅银露梅，浓密的没有缝隙。一只鸟飞进去，又一只鸟飞进去。一个下午，什么也没有从那里出来过。如果沿着这条大峡谷一直走下去，会走到哪里？

主人家的小丫头端着空盘子，从毡房出来，老远朝我笑，招招手。一会儿又提着锡酒壶从厨房出来，进到另一座毡房，一会儿又出来，一会儿又进去，反反复复，这个下午就在她手上提进提出。阳光摇晃，影子伏地，就看见，天空是诗，老鹰和乌鸦，是天空的两只鞋，一只靴子，一只……舢板。树是诗，两棵树是两颗心对语，什么鸟飞，就有什么形体的诗；挂在枝上的松塔是诗，是悬吊的毡房，单于的行宫，没有阏氏，只有诗；一只金甲蜂，是看风的女喽啰，还是诗。"呵……"心里想喊一声，声音就在对面的

山谷扑出来,几只鸟儿扑棱棱飞起。又静了。一会儿有歌声,清凌凌地漫:

羊毛肚肚的手巾子呦

三个道道的兰

咱们见个面面容易

哎呀拉话话难

一个在那山上呦

一个在那沟

咱们拉不上个话话

哎呀招一招手

寻遍那个林子呦

寻不见个人

泪个蛋蛋掉在

哎呀沙蒿蒿林

············

浓雾是从深谷深处偷运来的。阴云是强盗,突然而至。树丛隐约,矛戈挥动;花影烁烁,旌旗猎猎。猛地降下几只山鹰,绕着毡房翻飞,急降,贴着草叶滑翔,突然插入高空,飞旋,急降,嗥叫。乌云翻滚,波澜汹涌,黑煞煞四起。天上飞过一片河,摔下来,啪啦作响。

玉皇观的方向,来路上的人,正在路上。雨水的鞭子,赶着人群。

……一些人去毡房里喝酒,一些人去大巴里避雨。我在毡房门口,梳着湿了的头发。

马场散记

才开春,同事的父亲不在了,她老家在马场,丧事也在马场。单位同事们去马场吊唁,恰遇沙尘暴。春天的河西,焦躁、饥渴,大约是因饿着肚子,只好把坏脾气都撒在天气身上。

十一点我们坐车出发,有风,冷,空气有点糁,前几日沙尘暴的余孽未消。越往马场走,天越冷,风越大,越浑浊。甩开村庄到马场地界时,面包车开始变轻,司机不得不用力握紧方向盘。风和沙石不停拍打着车体和玻璃,好像里面窝藏了它的宝贝。尽管如此,能见度还是有的,路边广阔的土地上,翻垦过的焦黄的田地,被卷起几丈高的尘柱。这个冬天少雪,没有雪水的黄土层,只有跟风走。车上的人都捂着戴了口罩的口鼻,呛咳声声,骂这破败的车子,密封不严。然后大家都静默,静默可减少肺活量,减少吸入的沙尘。

我一路在车窗外搜寻,找一片小树林。诗人文立冰的家乡就是马场,就在这一片地域。他家门前有一片小树林,那是他家的标志。他在诗里写道:

村口,有一片树林／像一只手掌／远行的人／它会为你送行,挥手祝福／回乡的人／它会抱住你拍拍你的肩头,弹去颠簸的风尘／有一群小羊天天都要经过／一边找寻嫩草,一边采

摘野花／或者靠在树干蹭痒梳理毛发／我孤独的时候也会来
这里／寄托哀思／轻漫诗意／每次外出／有人会问我：你的家
在哪里／我就会具体告诉他／我家门口有一片树林……

所以啊，我便一路搜寻诗人生命的小树林，可是，那片小树林在哪
里呢？

现在的马场人迹稀少，老候鸟离开时，鸟巢也带走了，年轻的鸟儿们
宁可在城市里打工，也不愿回到那片土地。有点门路的人家，去了更远
的城市。上大学、进城，成了年轻一代离开马场唯一的砝码，许多马场姑
娘，以嫁出马场为荣，以进入城市为人生目标。他们与马场土地，说不清
是谁割舍了谁，谁被谁离弃。无从体会这种割舍之痛，离弃之哀。这种
离弃所致的溃败迅疾如祁连山的雪线。而留守在土地上的人们，留守着
千疮百孔的家园，很多人的生活依然停留在二十世纪五六十年代。我更
无从体会这些留守者的苦和疼。二〇〇七年夏天，我被单位派往马场各
地巡回下乡，几乎走遍了马场所有的厂区连队。最远的四场，草原最深处
的一个连队，我惊呆于现代社会依然能亲见二十世纪五十年代人的生活
状态。那是一窝藏于草原深处的牧马人，低矮破败的红砖屋子，可能不久
前降过一场雨，还湿漉漉的，房前屋后都是泥泞，各家门前都搭着一样矮
小的各种棚子，有牧民偶尔出来朝我们的车子张望，红绒衣、蓝军裤，正
是我小时候穿过的那种厚厚的绒衣，那种质地的衣服已经三十年不曾再
见过了，那样子的蓝军裤至少在二十年前就从市面上消失了。他们黝黑
的脸，木讷的表情，古怪而惊诧的眼神，注视着经过他们家门而后远去的
车子。唯一能有点现代气息的是房屋顶上一杆杆电视天线。而这，也是
二十世纪九十年代就被淘汰了的。再远的地方，接近祁连山，那里的海拔
二千九百九十米。海拔三千米，就可定为高寒海拔区，差十米，就与高寒
海拔区无缘。那里种不了油菜大麦，只能放牧，而天气干旱草场沙化，牛

羊的群落在渐渐萎缩。那里每个连队还有人在驻守。从四场回一场的路上，远远见高坡上有一座矮矮的草房，不见炊烟不见人，唯一匹马孤立在门前，时间的雕塑似的。没见到成群的马匹。曾经十万精骑的皇家马场呢？曾经战马奔腾的辉煌呢？我的血液随渐凉的天气降温缓滞，伸手掩紧了外衣，尽管这是七月。夕阳始终在前方，它像一个标示，却虚无缥缈，永远不能抵达。那一天，我说不上是什么心情。好像打开了一个装帧精美的箱子，却是一箱褴褛。我有那么多马场的同事，在他们的叙述中，马场的昔日何等辉煌，何等富足！在全县人食不果腹，饿殍累累时，他们在吃肉喝酒；在人们为一张购布证打得头破血流的时候，他们享用的是军需物资，衣食无忧。这曾经是一个叫万人瞩目、令人艳羡流口水的地方，很多人宁肯舍弃城市的生活也不愿离开马场。而现在，马场人溃逃如落潮。

军马总场场部，总场医院，那老旧的大院里还残留着昔日辉煌的影子。我在总场医院的大院里逡巡，那大礼堂，电影院，篮球场，树林，空旷的草场，逶迤的院墙，莫不荒草丛生，而偌大的骨架，正应了一句俗话：瘦死的骆驼比马大。仅马场总院的医疗器械的规模在那时抵得上省级医院规模，但现在医院里已经没有多少职工，来看病的人更是寥寥无几，医不养家，职工纷纷远走谋生。再后来的几年，马场医院被合并，彻底结束了使命。

马场在过去的几十年里，为全国各地输送粮油肉食，在国家最困难的时期，养活了成千上万的人。马场土地竭尽所能挤出乳汁和血液，几十年的开垦索取，让它千疮百孔，羸弱贫瘠。使命完成后，所有的辉煌过去，荣誉成了缥缈的一张废纸。该走的走了。随着离去，政策不再给养这片土地和土地上的人们。留下来的，是那些最底层的贫苦工人，他们无路可退，只好坚守，在贫困和恶劣的生存线上挣扎。没有人再去精心侍弄庄稼，没有人去看护树林育苗植草，为了生活，疯狂地问大山、问草原要饭，蘑菇挖光了，草药挖光了，就连草根也挖出来了。什么都挖光的时候，风沙

就来了。

眼睛瞅的酸痛,也没有瞅见文立冰家门前的小树林。大风把土地卷起荒草一样的粉尘。就在快到场部时,司机突然加快油门,车里的人不由得前仰后倒。正在埋怨,司机低声喝道:看西面。车前方远处的西边,一道齐天高的黄墙滚滚压来。天瞬时暗黑下来,像生了气大发雷霆的领导的脸。我们是朝南而行,要和沙尘暴抢时间,要在它施暴的时候,拐进场部避难。众人都小声惊呼,紧紧抓住车内扶手,屏声静气。就在我们刚转进场部大门,朝北走了不远,那道齐天的黄墙就从大门口呼啸着朝东南卷去,风势将本已停住问路的车掀得又前进了几米。到同事家时,风暴余势未尽,门口被绳索系着的花圈被风卷到空中,哗啦啦翻响,卷过围墙,向东南方飘去。

魂定后,我给文立冰打电话,告诉他我就在他的老家军马三场,一路上寻找他家门前的小树林,没找到。他说,他家不在场部,在路上。我说,路上没有小树林,有沙尘暴,齐天高的沙尘暴。

平川口

平川口,离城七里半。砂石路,一边是黄厂长的农场,一边是天然的沙场。远处是连绵起伏的龙首山,近处是蜿蜒的汉明长城。

五月的农场是绿色的海洋,大片的大麦地,绿得透不过气,秧苗像黄厂长亲戚家五岁的胖小子,肥嘟嘟,嫩茵茵,随风摆处都是笑意。

麦地尽头是电网,电网里是国有农场一望无际的罂粟地,娇嫩的虞美人如火如荼地洋溢。

果园里,梨树、杏树已结了拇指大小的青果,一个个,囊胚似的惹人怜。野玫瑰吐芳露蕊,含着香也带着刺,采了几个待放的花骨朵儿,待晾干了,到端午节做粽子。不小心被刺扎了几处,几珠红日,在指腹上盈盈欲滴。

一块薄膜套种的苞谷地正在浇水。旁侧几块苜蓿地里我采了一袋蒲公英和艾草叶。苜蓿已见老了,不好吃。蒲公英我们这里叫作曲曲菜,分苦曲曲和甜曲曲。甜曲曲可以食用,洗净,在开水里氽一下,拌点儿盐,消暑败火。甜曲曲菜要茎和头呈红色的那种,其他的,味道苦,难以下咽。艾草带回去可以做艾凉面,也可以和面一起蒸熟了,泼点儿香油,那是很美的一道野味小吃,纯天然的绿色食品。要吃到这些野味,当然得手脚勤快,挑艾草叶的时候,他们在凉棚下打牌,喝啤酒。当然他们有他们的快乐,然而他们却没有我在田地里采艾草的快乐。布谷鸟“布谷、布谷”叫,百灵子“啁啾、啁啾”唱,猫头鹰也在合拍,呱呱呱拍着翅膀藏在丛林里。腰背有些酸困,在苜蓿地小坐,各种小爬虫塞塞窣窣都从草叶子里探出头,看着我这个庞然大物。微风静静地吹,草叶儿轻轻地摇,仿佛都在小声地说着情话。阳光躺在田间,懒懒的,也不想走了。凉棚下的他们酒醉了,我在田野里,心醉了。

过了沙场,低矮错落的山丘间隐藏着另一个美丽的去处。山坳里一处东西狭长的水塘,翠绿的芦苇在塘水中荡漾。水塘周围被低矮的山丘包围,生人是走不到这个地方的,四处都是荒丘,难找。

水塘据说是已故的新西兰友人路易·艾黎年轻时的钓鱼塘(无从考究)。长约五百米,宽近十米。塘里的水不是很清,也不浊。但往往这样的水养得住鱼儿。水塘东端往南有一条狭长而深的壕沟,壕沟里水草萋萋。这一边水浅而淡,成千上万的蝌蚪像是水面的电脑显示屏上正在打

出的水族文字。风过处,吹起一层一层细小的波纹,水塘便像一块大搓板,我们取笑想下水的男士们,是要去跪这巨大而柔软的搓板吗? 回报我们的是几粒石子溅起的水花。

隐约传来几声"嘎嘎"的野鸭叫,叫声处的芦苇丛动了动,却什么也没有。是主人不欢迎我们来访吗? 一阵风,芦苇丛沙沙地,一股碱腥味随风吹来。尤其靠近西边的一端,水没有来路,也没有去处,芦苇丛里飘着枯枝垃圾,墨绿的水面上浮着一层灰白的泡沫,碱腥气也愈发地浓重。这里相对水深,水深处有大鱼。常来这里钓鱼的刘海这样说。他还说,原先这里水很多,漫到我们现在站立的白色碱线的位置了。由于这几年开垦了农场,农场主炸开了水塘的一处缺口,将水塘的水引到了农场,农场得以繁衍生息。我便想起,黄厂长院里的大水缸,水缸上接着一根黑粗的橡皮管,管上有阀门,管里是水塘里引来的水。刘海还说,以前水多的时候,他还带着他的气垫船来网过鱼。如果塘里的水不被引到农场里,不被过度利用,水塘的景致一定是另一个模样,甚至还可以和敦煌的月牙泉相媲美。

水塘里的水是活水,水源在哪里? 在周围寻找水源的时候发现,水就是水塘东端长满水草的壕沟里慢慢渗出来的。然而这绝不是水源。刘海说,水源可能在不远的任家寨方向。壕沟呈南北走向,我们意外地发现,这道壕沟不是天然而成,有明显的人工开凿的痕迹,而且年代久远。放眼四处,我们又发现不远处断断续续的明长城。在远古时代,这里胡人出没,为抵御胡人入侵,古代人修筑了汉长城和明长城。明长城是显而易见的土墙,汉长城是不易为人所见的壕沟,依我们平日里所见汉长城的遗迹,粗略地判定渗出水的壕沟就是汉长城。但我们没有足够的佐证,权当一次猎奇而已。

还有意外的收获,我无意间找到了旱地植物锁阳。这东西,我去敦煌时见人卖过。他们说出产于瓜州。竟然在川口破土而出,确实是意外。

找到一个，又找到第二个，第三个……连续找到了六个。但是因为锁阳茎长，根深，我们没有挖土的工具，便用手指刨，指甲都要裂出血了，还是没有将它们完整地挖出，挖到一半时，使劲往外拽，"啪"一下从中折了。这东西的药性在根，根留在土里挖不出来，可惜了。

水塘唯一的缺憾是没有树，如果有树，风景又是别样的。我还玩笑地说，如果有树，一定在这里举办一次川口笔会。笔会的名称叫作"川口月牙泉笔会"。呵呵！别人还没说什么，我先笑了。取名是随意的，"川口月牙泉"，兴许以后就这么称呼这片水塘了，但笔会可不是我所能的，玩笑罢了。

不一定吧，或者真有那么一天，川口被当作风景地开发，两个意愿都能实现，也是可能的。

一棵树

一

龙首山深处有一棵树，好几百年了。在龙首山腹地，突然有高密的芨芨草横生，几近没有路的时候，向西穿过沟坎，豁然开阔的视野，南北山夹峙的峡谷，你就看见它了，一棵野白杨。向阳的山坡，一朵巨大的树冠，让人惊喜。它的西侧，从深山引出一涓细流，水泥筑成水窖，水窖前有水槽，是一截大圆木剖开挖空的。

第三辑
三面游走

091

　　这天,我一个人在它对面的山头,远远地,老树在我的鼻尖下。树冠之上,一群麻雀绕着大树飞,一圈,一圈,又一圈,不厌其烦。一只麻雀的飞翔是看不见的,但是一群麻雀的涟漪,光波就无限的大。有时候会有一群人,从城市走出来,围在大树下,像小时候,秋收的傍晚,围在饲养院麦场边的大杨树下。天朗朗的,月牙弯弯的,麻雀们吃得过饱后的消食,在空气里像风吹麦浪的啸声。很晚了,集结在大树下的人们三三两两回家,这时候,偶尔听见几声狗叫,或者谁家的母亲喊儿女的名字……就在这时,山中传来遥远的人声,不知在哪里,不知说什么。

　　在谷底时不觉得,到了山上,山上的风呼呼的,天上的云也跑得快起来,一时一个样。太阳偏西,冷了,群山披着一点惨淡,一点金。风声一紧,蒿草、芨芨草都晃起来,沙葱、杨胡子,只是略微摇头。大树动起来,哗啦哗啦的,听着,像翻书。久了,远近的山山峁峁,起伏错落,恍然就是一本开启的大书,天空是大部分的空白。

　　一群羊来了,在树下停住。羊群休整队伍,有一点点骚动。头羊出来,在树下稍稍踌躇,朝水窖过去,在水槽头端站着不动。跟着它的几只羊,也站着不动。再后的羊,喝水槽里的剩水,水沟里的脏水。羊群咩咩乱叫,牧羊人引出新鲜的水下来,头羊低头,羊群迅速把头低进水槽,一波的叫声就淹了。

　　又一群羊来了,在老树下集结,这群羊和那一群羊,没有什么不同,但是这一群羊,在那一群没有离开之前,谁也没有混进谁的队伍。彼此递送叫声亲近。

　　两个牧羊人说着话。狗叫声也响彻起来。空旷的山谷,像一只巨大的铁皮桶,几粒石子咣啷作响。

　　我在山头的时候,羊群也向山头上来。有几只到我身边,安静地吃草。有一只抬起头看我,不知道它是不是那只头羊。温顺的瞳仁,像两孔石磨,蹄声脉脉,窸窣如风。好一会儿,牧羊人来了,大声吆喝,用鞭子抽。羊还执拗地盘在山头，挨了鞭子也不叫。牧羊人鞭子抽，脚踢，胳臂搡，恼怒地骂："昏了头了，不知道啥时候了？还往上跑？日头落了还跑？没个章法了！"羊群乱了阵脚，底下的羊不知道要干什么，茫然地叫。

西面山坳有羊场。房子，羊圈，窑洞，隐约的人声，鸡叫。猫在房顶上逡巡，跳上羊粪块码起的圈墙。炊烟飘向天空。……都小小的，缩在一角，在金黄的光里，暗沉沉的。

远一些的山洼里站立着两个人，恍如两扇紧闭的门。我有些失重，如果深处的山洼无限地深进去，深进夕阳，是不是就打开了时间，让那么多流去的亘古倒走……每个山卯每道沟坎每墩芨芨草都成了一尊尊塑像：最初的人类，原始的部落，马背上的胡骑，霍去病的戈戟，胡汉交融的驿站，丝绸、车辙、雪夜、驼铃……请贴紧大地，静静听……那么多的脚步踢踏而来踢踏走过……鞑靼、月氏、回鹘、匈奴、羌人……黑水国、西夏、北凉、西凉、北魏……不要怪风拂乱了衣襟，那么多过客的魂魄，轻轻……和你抚过。你甚至可以把一九三六年十月安放在这里，那些猩红的野梅花，会告诉你，曾经有一支队伍，穿过这条走廊的时候，种下了许多星星……

这是一个让怀想尽情的时刻，在这一棵树下。

我曾在龙首山峰顶，看到过龙首山龙头印象，龙头朝西北，张口瞠目，怒且威。现在，我宁愿相信那是王的化身。这是一个人的部落，一个人的单于，只一介子民。民间把汉人之外的马背民族都称作胡人，这棵树，是否就是流落民间的胡人？

马达声突突响起，一辆摩托车冲进山谷，后座上驮着一个大纸箱，朝西面山坳去了。一会儿就传来狗吠，人声，哈哈的说笑声。炊烟复又叠荡在屋顶。黄昏浓重了一层，模糊了一层。

我突然有走进去的冲动。

第三辑

三面游走

二

不知道是谁,最先发现了这片地方,最先发现了这棵树。

我第一次见它的印象是,龙首山下,荒山秃岭,乱石中,一棵树,披着一件绿羽大裘——一只孵育的大鸟。

我知道这棵树的时候,同事已经在它的前方种下了十棵树,定期去浇水,冬天来了去给它保暖。第二年,这十棵树活了,又种了十棵,用水泥柱子围了一圈铁丝网。从十几米开外的水窖,挖了一条小沟引了水。逢上大风天气,过后一定去看看,这些小树怎么样了。而后,每年春天,几位同事都要来,新栽几棵。几年过去,一棵树前,白杨、柳、槐,在老树下成了群。

于是,渐渐的,更多的人来。在石桌子石凳前围坐,在土炉土灶上生火,在一棵树下,在林地边上,在河西最温暖的阳光下,安享。

我们到达的时候,已经有人在老树下了。是两个家庭的联营,野炊。

我们站在他们身后的不远处静候,不一会儿他们就走了。

收拾停当。一伙人爬山;一伙人挖灶生火;一伙人洗炊具;一伙人洗水果蔬菜;一伙人切羊肉块;一伙人往铁钎上串肉,串土豆、豆腐皮;韩功和王进民用不同的烤炉烧烤,钱师傅在土灶煮羊肉。另一些人围着领导们在树荫下喝酒,不时有人加入,树荫下的石凳子总是坐满了人,石桌子堆满了美食。

都忙完了,在树荫下打牌,吃丰盛的食物,闲聊。说许多上班不说的话,总也说不完的话。王进民举着一块烧烤好的饼子,递过我,说这一块最好吃。阳光泼下来,醉意熏熏,一会儿就歪斜,山影似被,盖着一角。

西侧山坡上的叫声尖利,是醉了的韩功把刘霞子摔在半坡。贫瘠的龙首山,猫儿刺、野梅花、沙柴,才在晚春扎出头,已经有了尖刺,不知道刘霞子在尖锐的石头和尖利的乱刺里怎么滚了几米远,不说看不见的伤,只可惜了那衣裳的白。刘霞子不管山坡陡峭,追着兔子似的韩功满坡逃窜,叫人羡慕。

我一边喝着羊肉汤泡馍,一边和钱师傅聊。钱师傅喝了一点酒,问我吃羊肉了吗?我说吃了,很好,辛苦你了。钱师傅有些醉呓:承蒙你们看得起,护理部张主任让我来,说明我还有一点用,能给你们煮羊肉,为你们再服务一回。……还能记得我。……等我走了,你们还能记得吃过我煮的羊肉,就行了。我一想,钱师傅明年要退休了。一想,鼻子一酸。我到医院的时候,他的儿子和韩功一样,才几岁大呢!现在,他的儿子已经是有些资历的医生,他的孙子也满地跑了。真是,好快!

做篝火的柴棵子已经架起来了。靠在老树上,觉得自己是一块剥下来的老树的皮。

众人忽然都屏气息声,好像部落里将要举行的祭祀,神情肃穆。

夕阳已熄,世界在降温,点火的一瞬间,就有了一种仪式交接的恍惚。火焰照亮了大树的方圆,光芒的怀抱里,狂热的人们,狂热的激情,而面对茫茫密密划不动的黑夜,这丛火焰何其小,何其短促?

谁喊了一声"跳起来吧",就围着篝火跳起来,跳锅庄、蹦迪。手牵着手,不分你我。有人录像,我凑过去看,昏黑里的影子,火苗的妖娆,鬼魅重重,群魔乱舞。忽而觉得周围的影子多了起来,莫名其妙的陌生,重叠着。有人还在饮料瓶里装了小半瓶汽油投入,火苗"速"的一窜丈高,影子倏地逃散。

火越烧越旺,火苗舔到了老树的枝叶,刚刚吐绿的嫩叶瞬间枯黄。可是狂欢的人们狂欢,看不到、也听不到树叶嘶嘶的叫声。他们是听不见老树喊疼的。烧枯了的树叶,眼泪似的,浑黄地挂着,夏天我又来的时候,还挂着。

离去的时候,一切都熄了。火星都上了天,满天闪烁。黑暗里的马达,像一条拉链,包裹着一切喧嚣,消失在黑暗。

一场盛宴,有处有,无处无。来的时候多么轰轰烈烈,去的时候决绝又迅疾,何其短。该速朽的必须速朽,该新生的必须新生!只这棵老树,盛享时间的行云流水。

跌老鸹河

钟山寺,在焉支山后山顶辟出的一块平地上,比起前山的玉皇观,钟山寺静寥的多,每天的晨钟暮鼓隐匿在松涛之中。寺庙里的住持智宽和尚就是焉支山本土的人,焉支山的一草一木都是他的亲人,都是菩提的根。

如果没有指示牌的指引,初上后寺的人以为就此到了头,唯有来路是归路。

从寺院墙边的小路引申,能下到半崖,半崖有块巨石,巨石里有一松,巨石上刻着三个大字"焉支松"。因为海拔高,寒冷,这棵松并不比其他松树挺拔粗壮。也因为年代不远,没有经过多少风雨的雕琢,形状并不具备审美的意义。也许不标准本身就是一种美,松树在半崖和巨石相伴,坚硬和柔弱互相依存,就是一种孤胆的美。

后山有巨石,与前山景色迥异。石头和绝壁的天然屏障,因曾经搭救过绝境中的红西路军,而成就了一段鲜为人知的历史。当年红军避难的石洞,也被称为"红军洞"。

沿着钟山寺左侧的悬崖下去就是跌老鸹河。下山的路已经铺上了石阶,悬空的地方架起了木栈,沿路巨石横卧山腰,被浓密的松林遮掩,这些石头石壁光滑,不像龙首山的斧削峭壁,因为光滑,反而是乌雀不能停歇的绝壁。

空谷无声,松林深处透出森森的寒意。

跌老鸹河,我是和刘主席,还有普外科的几位年轻人一同下来的。一块房屋大的巨石挺立在半山,巨石光滑,是被风雨磨得没了棱角。石上寸草不生,不是草不生,是根本就没有根生的缝隙。就像一颗坚定的心,拒绝任何杂念。那袒露的褐红令人触目惊心!

"看,一只鸽子! 石头上一只鸽子。"刘主席小声惊呼。

我把相机镜头对准拉近。那是一只灰白的鸽子,孤孤单单站在巨石顶凝神望远方,眼神落寞忧郁。

这深山老林怎么会有鸽子呢? 它从哪里来?

那眼神里流动的落寞抑郁,像是满含忧伤的倾诉。它要说什么吗? 而鸽子停留的地方,正是"红军洞"。

谷底是跌老鸹河。

阳光如喝水的豹子,伏在河边,波光粼粼,斑斓倒影。岸上黄金披地,河中珠滚玉碎。淹没在河水里的石头,附着厚厚一层青苔,是岁月奔流的见证和积淀。两只蝴蝶落在一块岩石,身体叠着身体,寂寞慰藉寂寞。

一叶蒿草坠着一滴黄昏。天上云卷云舒,寥廓之上,多少祈望的魂灵。

跌老鸹在下游谷底形成一片滩涂,景致叫人生出更多难以言传的遐思,如山水画的留白,无以言词。河中无数的石头,状若天鹅,千姿百态。崖边巨石青苔披挂,不知是多少经年的叠加。

沿着跌老鸹河顺流而下,走出河谷就出了焉支山。一条河,无关乎时间,无关乎历史,它只以存在相送寒来暑往,让走过的走远,让逝去的消逝。晨钟暮鼓,万物轮回。

大佛寺即景

从 1 路公交车下来,突然的陌生叫我有些不知所措。

许多东西没有了。原来的山门没有了。山门对面的农家小院没有了,小院门前的茶摊,龙家小饭馆,见了游客蜂拥而上吆喝"请香"的女人们……都没有了。没有了他们,寺庙真的清净了。大风刮过一样干净。

曾经,小院门前的茶摊,我买过绿茶。龙家饭馆里,吃过一次农家饭,打了一下午扑克,喝他们自制的杏皮茶,坐在烧热的小炕上,听龙家老奶奶闲聊。王霞在"请香"的女人那里请了一把高香。门口挂着拐杖的老和尚,无心回答吴永生的问话,好像吴永生说的曾和觉慧大师论经的话是骗他的。他说,一般人是见不到觉慧大师的。说完就转过身,不屑理睬……

山门里的碎石小路没有了,两边的杨树林没有了,隐于林间的石凳子石亭,也没有了。曾经,我总妄想那是观音菩萨的紫竹林,众生一个来去,慈悲的菩萨把众生的苦难都化解了。

他们把菩萨的家搬到哪里去了?寺门对面的九龙照壁哪里去了?九条龙,是被放生了?它们,去哪里了?

大佛寺重建的那一年四月四庙会,一群青海小伙子蹲在树林边的土坡喊"少年"。路边的青草醉了,抬不起头,捋一把草叶,能掐出血来。通向寺庙的路两边,被各种做小买卖的摊位挤满了;路上,被行人和手臂挂着请"平安带"的人挤满了;寺庙里只要能容人的空间都挤满了。众生的佛忙不迭地受众生叩拜,香火绵续几里才袅袅飘散。

现在是静的,淡的,更像一进寻常人家的院落。

还有寺庙前面曾经大片的田地,也不见了。现在的土地上长出的是新扩建的佛寺。

有些风。天有些灰,淡淡有些雾霾。新建的庙宇楼台还是青砖水泥本来的颜色,青的、灰的,和僧衣的青灰很近。和天空,和雾霾很近。以至于,我有些恍惚,这些新起的建筑不是从地上起立的,而是以天地为背景,凭空雕刻出来的。如果没有穿梭施工的人,如果不是电锯声把时间扯来锯去,我就认为这重生的一切,是天公所为。一轴两翼,五体一位,这不是人间的造设。

站在西南厅堂仰望,掩映于蓝天白云,雾霾托浮的山门,不是通往天街的门坊吗?穹顶的殿宇,飞龙的檐角,顶天立地的通天柱前,四大天王高举震慑三界的法器……人间有这样的恢宏吗?

大理石浮雕上,佛祖讲经授法。

佛祖出生时一手指天,一手指地,口吐莲花,"天上地上,唯我最真"。

…………

莲花座上的太子身后,还是昔日的佛殿,倚着北魏的两座土墩,明朝的土台,似乎并没有什么改变。还是原来的庙门,还是原来守山门的瘸腿老和尚,此刻,守着庙门前的香案,案几上的佛香,打着瞌睡。

我一步一步朝殿门靠近。风过,将佛殿檐角的风铃摇晃,我却没有听到声响。

穿过石拱小桥,放生池里一尊红鲤,仰天跃立。

在大佛殿,我跪了一个时辰。佛龛上三盏清油灯,灯花闪烁。宽文师父敲三声佛钵,我心里烙一指手印。不记得宽文师父敲响了多少次,他说,敲一次,化解一个业障。当我慢慢起身,钻进了"关煞洞"……从洞里出来的,已经不是我,是一撮香火。

罗汉殿里,从进门第一眼瞅中的罗汉向右数,数到我的年龄相对应的

罗汉。有人说，那就是我们前生的佛。那么，请把双手合十，请把佛装进胸，卸下这尘世的浊和重，乘上佛音翼翅，沐浴佛光，就能到达精神彼岸。

从解脱门里出来，似乎身轻如风。大佛殿里呼出的佛音，袅袅向天空飘散，殿檐上栖息的一群灰鸽"扑棱棱"飞起飞落，"咕咕"的叫声如钟，我不由得回望，似乎能看得见它的眼睛，宁静安详，心中也生出一双翅膀，就在那宁静的眼睛里安详地飞。

站在佛门前，正在扩建的佛殿，灰蒙蒙的忙乱。现在，它只是一堆钢筋水泥的楼台，等它们沐浴了佛法，开了佛光，就是真正意义的佛殿了。佛教自东汉年间传入中国，在华夏大地生根发芽，传承发扬，在历史发展的长廊里，其宗教意义是超国度、超民族的，是人类的，是世界的，是自然的，是所有生命的。历史各朝代的兴替，国家兴盛，则佛事盛，佛法光大，国泰民安。一座始建于北魏的庙堂，一座由马背名族（鲜卑人）崇尚农耕文化并与之融合最终消融进烟波浩渺的大汉文化的历史见证的佛殿，几经劫难，建而毁，毁了再建，它的高度早已经超越了佛门的意义，成为沃野千里的河西走廊千百年历史和文化演绎的见证，是生于斯，长于斯，有着胡汉混血的山丹人民世世代代生活足迹的印证。

在寺旁灵塔门墩前，站了一小会儿。灵塔坐落在山梁，多像驮在麒麟背上。上次，王霞去灵塔进香，是我把挂在门前柴棵上的一片塑料看成一只守佛灵的乌鸦，吴永生还叮嘱她，千万不可惊动了它……现在，门前空空。它一定是去讲经说法或者去做超度了。

一个下午了，寺门外没见来人，天空没有云彩，也没有风。从大佛殿檐角背侧漏过来的夕光，让一辆手推车和一个中年女人镀满灵光。车上的木板铺着一块红丝绒，上面琳琅满目，堆着佛珠、佛像、各样的香火。她不说"买"，说"请"。她说人和这些香火一样，都是佛前的一粒灰尘。

路上，最后一班公交车缓缓靠近。在空无一人的站台，喇叭鸣响。远处，冬日的祁店水库，抱着偌大的一滴空茫。

第四辑 ▽▽▽

四处遐想

山村雪夜

又一个失眠的夜晚,月光从窗户泄进来,不是很亮,一种病态的白。城市里唯有月亮最能耐得住寂寞,孤零零在天上,不和谁争什么。田野里的残雪,给大地外衣绣上几朵白梅,那些树的影子则像是天地相握的手臂;又像一只只盛满回忆的酒杯,暂停对饮,静静聆听月亮和灯光的对话。寂寞不寂,温暖着记忆里一些美好的日子。那沉淀的美丽,每当寂寞雪夜,它便从记忆的母腹里伸出尖尖的小喙轻轻啄。

刚参加工作在陈户乡岸头卫生院的几年,老幻想着外面的世界,常收到外地同学的信件,提及他们的生活,同自己的处境相比,倍觉得凄凉。于是沉湎在赵传的一首《我是一只小小鸟》的歌中,倚着钻风漏雨的房屋,看着杂草丛生的院子和院子里随意吃草的牛羊驴马,总在幻想什么时候从那个大豁口里飞出去。大豁口是一截墙从中间断开,取了几米宽的豁口便是医院的大门,倚着断墙两边,附近农民修了几座矮小的房屋充作铺面。这个境况被我后来形容成老崔爷(过世)取下的假牙套,所不同的是豁口的一边有一棵枯树,正好用作拴驴马的桩,一边是修车补胎的老薛。

地阔人稀。村落与村落之间相距很远,中间是望不到边的荒滩,平日里见到的乌鸦比人还多。一条柏油马路一头通向大山,一头通往县城。常常在这条路上数着来到乡下的日子,一页一页撕下的日历纸片,仿佛岁

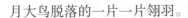

月大鸟脱落的一片一片翎羽。

那是一个阴冷的冬日，整天了，没进来一个病人。爱热闹的人都凑在一起热闹去了，院子里听不到一点声音，路上也几乎没有行人。

看着院后苍茫的荒滩，我突然想去那里走走。

没有路，凹凸不平的沟坎浮着白花花的盐碱，好似一件皱巴巴经久未洗的旧汗衫。一墩一墩灰白色的蓬蓬草和芨芨草，仿佛是荒滩长出的一块一块鳞屑体癣，和一些锐利的石块一起不断撕咬我的裤脚和鞋子。

医院的影子渐渐缩小，在一望无际的荒滩上好像一块砌得四方的石头丢在那里。在视觉的恍惚中，有种被互相抛弃的错失。

跳下一道沟崖，一条干涸的河床裸露着，大约是山洪暴发时自然形成的。让我止步的是河道边一堆堆坟茔，数了数，一共七个土馒头，小小的，似乎好久没添过土，看上去可怜兮兮的，排列也不整齐。不像家族的坟地，都是按风水先生的意思安葬的，周围的空地清理得很干净，四周还用小石块围成门和墙的标志，哪里如这般的荒芜。

此时天阴得更沉，天色渐渐发暗，河道里风像鞭子抽得天空嗞嗞地响，连乌鸦也把叫声关得紧紧的，不知躲在哪里。我心里一阵发怵，那灰白的芨芨草此刻宛如一根根嶙峋的瘦骨在风里招手。

风沙将天地混在一处，混混沌沌不见来路，铅块一样的云沉沉地压下来。风裹着刺骨的寒意，刀子一样剜进有些单薄的衣衫。

一场风雪即将来临。荒野里，我像是一叶飘摇的孤舟，划着身体的桨寻找航标和灯塔。

等我赶回医院时，几个铺面的门上已挂了锁，风卷着沙土夹杂着冰雪把暮色的门帘早早悬挂起来，黑夜提前来了。

我将它们锁在门外，早早睡去。

半夜突然醒了，窗外一轮皓月正撇着嘴望着我笑，月光像一群小鸟，扑棱着翅膀跃上桌子、床单、被子、墙上，我的身上、脸上，到处都是飞翔。

暗处的炉火也伸出火苗，扑扑闪闪地飞。我将炉火烧旺，看这些小鸟在地上窗棂的方格影子里飞进飞出，心也似长了翅膀，走出屋外。

屋外的寂静洁白叫我忘记了曾有的风沙肆虐，宛如进入了一个童话的世界，所有脑海里童话的场景和主人公都在梦幻中舞蹈。

东边一排草屋檐上耷拉着长草的雪影，好似是给天空黏上一道白胡须。月牙儿，似戴在天空的一枚白银桂冠。我似乎听见善良的精灵在树丛里聚会，一颗颗星星是它们相互传递的话语，雪的荧光是它们魔杖上的宝石在闪亮。天是那样的蓝，那样的高，那样的远，深得像海一样，静得像出生婴儿的眼睛。远处被一片茫茫的洁白覆盖着，路仿佛是从天堂伸出来的，幻象中一辆由六匹长着翅膀的白马拉着的钻石马车，正被仙子驾驭着沿着银色的月光大道缓缓从天际驶来，而我是它们邀来的唯一观众。

不知过了多久，似乎从天际传来一阵一阵清脆的铃声：当啷，当啷……仿佛是夜的鼾声，缓慢而有节奏，打断了我的幻想，却令我更加诧异。渐渐地，一队黑影出现在路的远处，半空中有红色的亮光在黑影里一翕一息闪动。心中似乎有个念头要我躲闪，可脚却像被什么定在雪地一动不动。黑影渐渐走近，原来是一支驼队，共十只骆驼，头驼上一个人影端坐着，那翕动的红光是他手中的烟锅。我定定地瞅着他，但看不见他的脸，我猜想他一定也在瞅我，经过我身边的时候，那红光是面对我的。骆驼都驮着货物，后面的骆驼有的有人，有的没有，有人的也趴在驼峰上睡了。这支驼队就这么在清脆悠扬的驼铃声里缓缓向大山的方向走去。我恍恍然有点失重，竟不由地跟着驼队走了许久。直到过了张庄，人家稀拉了，突然蹿出了一只野兔还是田鼠，吓得我失声惊叫，慌然止住了脚步，留恋地看着驼队远去。驼队渐渐地远了，渐渐地小了，渐渐地模糊了，直到那驼铃声彻底消失，我还怅然地走不出那个意境，好像它是从我的梦里走出来的，或者我本身就在梦里？

回到屋子，炉火暖暖的，炉膛里的红是初生太阳的红，然而它并没有给我带来光明,黑暗只在我的角落里蜷缩着。我卧在床上吹口琴,一首接一首,直到月色褪下去,黛色笼上窗。

南湖·初冬印象

似乎,瞬间沉降下来的安静。十月刚过,所有的喧闹都退缩,蛰伏进城市的水泥格子。

立冬了。昨日的雪,在阴处,在地埂窝里,在墙脚,在湖底洼处,在树荫里,喘歇。

湖水干了,水干了的湖底原来是这样的,砖块、石头、啤酒瓶、塑料,还有许多现了面目的东西。在残雪的照映下,黑的多么真实。

湖心亭,此刻佝偻在淤泥里,没有了水的托浮,它是那么憔悴,干瘪。人工湖,现在是一只被吸空了的乳房。还有那么多来不及走掉的鱼,在洼处,阳光下的黑泥里逃亡,十几个人,不断从黑泥里搭救着它们,丢进三轮车的水箱里。

世界到处都是干涸,霜杀的残痕。高处的,孤寒;低处的,匍匐。冬天让世界原形毕露。

到处是落叶。落叶在树上,是一片想飞的翅翼,到了岸上,是一粒尘土。他们说落叶从树上下来,就是去寻根的,来还情的。

我又一次穿过白杨林地。脱去了装束的它们,是更真实更美丽的一道风景。一根树干,多像他的另一根手指。那么多的手指,张开心灵的眼

睛,是否就洞穿了世事?挨挨挤挤,独立又不失整体,互相用眼神默默抚慰,在它们年轮的波纹里又多了一道涟漪。

九曲文化长廊,我不记得这是多少次迂回。回廊外的苜蓿地里,有一树红叶,吞霜饮雪后的灿烂,令人驻足敬礼!草木轮回无数个四季,而人却只能有一季。

湖堤边的柳,粗壮的杆,在蓝天的底色里,立地擎天。在所有的树种里,柳是最具一颗相思、一颗感恩的心的。拔的再高,也要俯身触吻大地,寻找生命的印迹。因为相思,在其他树都落光叶子时,它还在痴痴等待……那么,让我来带你们回家。没有凋落,没有枯萎,没有残缺的,集萃了天地精气,熬过了立冬的大雪,它还有什么扛不住的?站在枝上迎霜傲雪,立在我的手心,就是一叶回家的小船。

顺着林荫小道,我一路倒走,两边的树木、面前的一切都在我的后退中前行,恍惚跌入了时光缝隙,我正在向我的将来迅速后跌,而我的过去正以一样的速度迅速前行,离我渐远的远处一切像是被橡皮擦擦拭似的,正在模糊。从我身边擦肩而去的,我还来不及辨认清楚就又退向远处,我想要抓住什么,却总是稍纵即逝。这就是我现行的人生吗?我跌进我的将来,又看不见将来,将来以现行的疾走,从现在又迅速变成过去,我所能见的只有匆匆而过,渐行渐远的过去……

我突然觉得,我就是一条从黑泥里逃亡出来的鱼。我上了岸。水是我的另一个空间,生命从一个空间向另一个空间的转换,是时间做了手脚,逃亡的鱼和我,两片生命符贴在了一起。可是,从黑泥里逃上岸,我寻找的是什么?

凄清的仙堤楼,在寂静里反刍远逝的华梦。它原来不是这个名字,不姓"仙"。模样据说还是原来的,里面的摆设我没有见过,一定不是原来的摆设。原来的摆设在百年里颠沛流离,不在的不在了,留下的,有些在贵州,有些在敦煌。老家里的,在大佛寺边的农庄,在西郊杏林,在大南街,在已经不存在的老尤家院子,在隍庙街,甚至新华书店的地底下,总之七零八落,缝不起来的败落。好在有这楼阁,庆幸地存活,不管现在它是谁的,改了什么名字,根还深深扎在时间的深处,一砖一瓦,一窗一阁,就像时间河流里冲刷不去的石头。如果真的有幻象,打开岁月门扉,回进二十世纪初:幻影里,谁在红楼捧一腔家国忧患,谁倚窗凭眺一池秋水月影?谁来擦拭蒙尘的镜中花?谁在时间的骨头上烙画?远逝的,不仅仅是时间啊,始终有一双眼睛在岁月深处凝望。

　　我忽然想起过世多年的曾祖父。风瑟瑟,天籁之远,似乎有一声叹息!父亲家里,有一张曾祖父的相片,背景是早年修建起的文化馆大门,门前有一对石狮子。曾祖最后给我们留下的背景印象,要告诉我的是什么呢?曾祖父、祖父、父亲、我……时间就像一团毛线球,光芒的丝线缠绕着它,越滚越大,震耳发聩。依稀看见曾祖父拄着木棒,拖着瘸腿……石灰窑壁上写下四行字:"饱了好过,饿了难过;有钱好过,没钱难过;夏天好过,冬天难过;年轻好过,年老难过。"……一只乌鸦飞过,像天空一声哽噎。

　　朱门铜钉,高墙森森。拍拍大门,朱漆剥落,尘灰纷纷,回声暗哑,撞击着冬日午后的寂静。墙角木墩,黄狐守门。背阴处残雪斑驳。

　　发塔背阴有雪。台阶上,雪成冰,薄,一碰,碎成粉末。阶下的枯草丛里,藏着一只黄狐。

　　发塔顶上阳光热烈,众生塔上阳光热烈。发塔里有发,佛的灵魂,光明所指。我是第二次绕到发塔背后,是因为大雪的缘故,天空如洗。如果我的心也像天空一样,如果大雪一如昨日一样……

　　阳光普照,瑞祥从天堂倾泻。一只彩蝶,从阳光里飞出,一个信使,从天堂降落。它来了,围绕我飞了三匝,在我缠绕了蓝丝巾的手指驻足。这只金缕彩绘的精灵,让我瞠目。它却忽地飞了。飘飞几下,又来了,又歇在蓝丝巾缠绕的手指上,又飞去了。大约,它是把手指上的蓝,错当作天

空的一角了吧。我想。

可是它不走远,在青砖塔身伏贴。翅膀一开一合,一开一合,欲语还休,欲语还休。

望着这突然而至的精灵,我心里渗出一抹怅惘。

仿佛,它读懂了,又来了,翩然停在我恰好伸出的指尖。我的内心似乎被它的伫立猛地一撞,似乎所有的时间空间突然凝止。我甚至感受到它的心跳,那轻颤的翼翅,那微微抖动的触须,从我的指尖,电击我的身体。

静。除了天和地,除了我和它,恍惚,前生和今生的对叠。

轰然来的,占据了全部生的意义,金黄的阳光里,真实的亭台楼阁幻化成金碧辉煌的宫殿,从极远极远的天际,似乎传来一阵乐音,直透内心,天地演绎,清风和唱,山峦共鸣,缥缥缈缈……

……蝴蝶飞了,越过白玉栏杆,瞬间化进阳光的金灿,随之而去的,还有我的魂。

有两个人,上来了,又下去了。他们好像没有看见我一样的来,没有看见我一样的去。我有些疑惑当下,我的虚渺,或者他们的真实。

一切又安静下来,发塔之上,天空坦彻,阳光腾翔。远处,龙首山顶披着昨日的雪,雪润后的黑土地阡陌相错,围墙外东南侧,地埂上抱紧了大地的枯草,沙枣树顶上的红云,坚挺地红着。因为高,才会那么触目的红。冬天已经来了,它还红着。

南湖路上的热闹,参差错落的山庄,招牌响亮,车水马龙,人来人往。这人间的本色。

村庄记忆

第一次听说农历六月初六是焉支山钟山寺庙会,那时我还在乡卫生院。

收发信件的小王,一大早就不见人。从邮电所出来,小街上络绎不绝的人马车辆,都嚷嚷着朝山上去了。

就连大门口摆摊的薛大也去了。

薛大死了老婆,庄稼之外,靠修自行车补车胎补给生活。薛大把这活计抓得很紧,太阳一冒就来,刚摆好了家什,就有人推车来了。那时候乡镇干部要经常进村入户收缴各种农业税款,村子隔得很远,十里八里才有人家,走路靠的是自行车,每天早晨,出发前就得把车子检点好了。而周围的农民,要等一天的活计完了才推车来修,薛大就等着。常常天擦黑了才收拾行头。于是他的大女儿急匆匆跑来:爹,都啥时候了还不回?饭都搁凉了,你还叫人吃不了!薛大嘿嘿笑着,边收拾边说,你还不是想早早吃罢了走陈琴娃铺子里去呢。你们那几只鬼,以为我不知道你们干啥呢!他的女儿就不再说话,毛黑的大眼睛瞪他一下,和他一起收拾东西。他家不远,就在卫生院西墙后。

其实也没什么,她就是去陈琴娃的铺子,或者赵三的铺子,和陈琴娃,赵三的小姨子,有时候还有我。都是十七八的大姑娘,能有啥?还是薛大给人说的,有人上门给女儿提亲了。

薛大的姑娘小名叫毛蛋,麦麸色皮肤,大眼睛扑闪扑闪会说话。爱咬嘴唇,一咬就红,樱桃的红,亮晶晶。话很少,别人说话只管听,但是爱笑,有事没事咧嘴一笑,露出满口的牙,小虎牙尖而翘,白的亮人。我教她,笑的时候露出前面四到六颗牙最好看。她们三个就在陈琴娃的铺子练了一个下午,越练笑得越凶,笑得脸上的肉抽筋。但是那以后,毛蛋在人面前的时候,笑起来就露出四到六颗牙。

薛大给自行车补胎,也给马车补胎,经常有人家驶着骡马车停在卫生院门口,放了牲口到卫生院里吃草,卸了车胎给薛大补,自己进到赵三的小卖铺里耍牌。

薛大这家伙,钱都不挣了去赶庙会!来修车的人嚷嚷。赵三呢?怎么也不见了?

赵三是个残疾人,常年坐在轮椅里,守着小卖部。其实他不怎么卖货,是他老婆和小姨子在打理。听人说的,赵三没残前在街上打个哈欠,满街的树都要晃三晃。那句经典的,见了乡长边打驴边骂:“畜生,你以为你是乡长?走到哪里吃到哪里!”就出自他的口。现在残了也没人敢惹。他的女人,一看见赵三黑下脸,就闭了嘴,闪出门。有次多说了几句,挨了赵三没头没脑一顿打。赵三从轮椅上跌出去了,跌在地上还抄起地上的小木凳砸她。赵三老婆的头缠了半个月绷带后,额头上长出一弯月牙。

正午,我又一次从邮局出来,小王的门还锁着。远远见王仁和从他的修理铺出来。王仁和四十岁了,没老婆,瘸腿,更多的时间躲在铺子里鼓捣电器。

王仁和在一米远的距离停住了,四顾里看了看,说,咋什么都没有啊?我也四顾里看了看,确实什么都没有。他就又站着,可是脸就红了。我又看了他一眼,他的脸就更红了,脖子都红了,粗了,像暴涨的河水。我来这么久了,这是他第一次和我说话。他把拐杖支在腋下,支着瘸腿,点了一根烟,他头顶就升起一朵蘑菇,又升起一朵蘑菇,慢吞吞淡开。他仰脸看着天空说,他们都走了,你咋不去赶庙会?庙会热闹得很。我想回应,却不知道说啥,就低下头,一句话也没说,王仁和就红着脸走了。

一会儿我又看见他在街上,换了米黄的夹克,是城里很流行的,而刚才是灰旧的中山服。

他走得很快,朝学校方向。风拽着他敞开的衣裳,拐杖的节奏,笃笃笃,在夏日的正午,就像风拨弄他身体的拨片,在柏油马路的独弦琴上跳。

之后再也没有见到一个人。整整一个午后,邮电所小王也不见来。寂静和荒芜像两把锁。小街上除了风,日影像个弃妇,从一扇窗挨到另一扇窗,孤单到处散落。沟埂上的草抻直身子张望,门口矗立的拴马桩,像一条看家狗,蔫蔫的。王院长家的鸡,倒是神气活现,从后院出来,公鸡仰着头,率领着妻妾鸡崽,挺胸腆肚,视察完前院,一头扑进南边的麦地去了。

太阳像一只高高抛起的高尔夫球,无限放慢了飞翔,慢吞吞完成着抛物线的弧度。大黄山的尽头,上山的路,像匹绫,车辆是一粒粒墨点的蝌蚪。

直到黄昏撒了一街,满树的夕阳哗哗哗地跑,从山上下来的尘烟打开安静,一条街像一条快乐的河。人们帮着赵三的老婆从拖拉机车厢里抬睡着了的赵三,赵三倚在薛大怀里,她老婆拎着他的两根木棍腿,就像搬一件木偶玩具。然后是赵三兄弟的一家大小和他的上海移民的丈人丈母娘。最后提出来的竟然是王仁和!他是什么时候,怎么去的呢?显然是喝多了酒,他的脸比夕阳还要红,在赵三兄弟的扶撑下,歪歪扭扭下车,像团皮影。毛蛋最早下车,从车厢里搬东西,上来下去的,脚后跟坠着的两匹夕阳,像两头蹦蹦跳跳的小鹿。一把抓着我的手说,叫你去,你不去。人家的爹妈在山上等你,以为你要去呢,见人就问你来了没有。我说,谁的爹妈?毛蛋一撇嘴,笑道:装什么!你知道我说的是谁,非要让我说出来?那我就说了——我的姐夫,你的那位……我忙捂上她的嘴。

一瓢夕光从白杨树的枝杈泼下来,在不远的土崖上,温软地躺着,像醉酒睡熟了的人。被惊着了的麻雀,呼啦啦,呼啦啦,来了又去,去了再来,聒声大作。灰尘在光的搅动下把远的和近的影子折射又反射,无端地高大,无端地幻化。我仿佛又看见,从暗的杨树林阴影里突然奔出一个青年,一步跨过土崖,土崖上的那束夕阳似是受了惊吓,跳起来,青年的影子就被放大了许多倍,高大的,就像是突然从天上跳下来的。有一瞬,他的影子叠合在我的身上,又飞速离去,仿佛在一瞬影子和影子做了个交换。他手里端着一杆猎枪,飞奔过街道,纵过街边沟崖,向村边的田野里去了。微卷的头发飞扬,像是有个小人在他的头顶挥着小旗子呐喊,身后的扬尘,也是给他助威的。影子一路奔腾,像一丛燃烧的火焰。他的前面,一只野兔飞快地滚过街道,滚过沟崖,滚进村边的田野里了。

那扬起的尘烟,许是没有风的缘故,散的有些不忍。

热闹次第落去。赵三老婆掀起门帘喊:霞子——霞子,把娃娃领来吃饭了。正要走进单位大门,邮电所小王老远叫:小龙,你的信。寻声一望,她和男朋友小范在邮电所门口手牵着手,一只手高扬着信。

赐儿山,赐儿寺

那是个风和日丽的秋日的下午,摩托车轰响在山马公路。山峁燧墩,断续的长城,残败的田野,乱石荒滩,飞速从眼前闪过,而漫山的芨芨草却不屈不挠,风姿铮铮。白露了,正是芨芨草成熟的时节,白莽莽的身躯,顶着白樱子,挺立在路旁埂边,在猎猎西风中飒飒作响,让人很容易联想起历史上在河西走廊焉支山下这片广袤的土地上演绎过的一场场战争,那些征战中的铁血汉子。我常常想,这些荒滩戈壁上最顽强,最坚硬的植物,它们的根系一定连着那些精魂的白骨。常常在断城墙上有一只乌鸦或者秃鹫停下来,定定地注视。如果它是一只能自由穿梭在过去今生来世的眼仁……它想要说的是什么?那些亘古里闪烁着金子般光芒的岁月啊,神秘!敬畏!

天空除了蓝就是空和远,这是河西秋天最美的天空,干干净净,蓝水晶一样。黄土地,赤裸着,因为缺乏水源,大片大片的土地荒漠着,一些最艰难的戈壁植物匍匐在地表,正在枯黄老去,更添了许多悲壮和空旷,没有边沿的荒凉。

我又一次来到位奇镇新开村赐儿山的赐儿寺。

村庄卧睡在赐儿山脚下,淳朴宁静。蓝天绿树黄土地,这三种质朴的颜色,就像构成我身体的最基本的元素一样熟稔亲切。而在现代化城镇建设的进程中,一些村庄正在渐渐消失,最终成为一种璞玉般的记忆。

峰峦中赐儿寺就在眼前,却又不是昨日的赐儿寺。我有些仰止。一些陌生的东西正在侵蚀记忆,比如山门,比如水泥路,比如照壁,比如佛塔,比如峭壁上九龙图的绚丽。而在前年那个风雨如晦的夏日下午,微雨沐浴中赐儿寺的钟灵隽秀已被新建筑的巍峨所覆盖。古旧和新生在交错。

这是沉淀在我梦中的赐儿寺吗?

远远看见山门内长长的甬道上有青衣和尚给新铺的水泥路面洒水。

踌躇片刻后,我走进北侧的田地。

几块新犁过的麦茬地,泛着黑土的湿润和土腥香,埂边的沟里几株蓬勃的大树,都是山村最普通不过的,杨树、杏树、沙枣树,不是很高,枝体丰满粗壮,距离十几步又挨着一棵,顺着沟坎生长,没有顺序,更谈不上排

第四辑 四处遐想

113

列,像路上来了去了的村里人似,随意,饱满,具有无拘无束的形态美。路边的场地上摊晒着沤黑了的葵花秸秆和除尽葵花子的葵盘。一两头驴或者牛从坡上到埂湾里啃着一下午的光阴。一群群麻雀飞起飞落的时候,就像这个下午拉响了一架风琴,抑扬顿挫,又有些嘈嘈切切。

从这里能看到赐儿寺的侧影。因为背光,有些阴晦。高耸的佛塔成为新的风景线,粉刷过的岩体壁画,新修的膳院,屋顶上的太阳能,使得旧的山体岩壁愈加的荒古破旧。寺庙北坡下有一片新平整的荒地,荒着。我有些伤感。

却不是因为怀旧而伤感。

折转又来到山门的时候,甬道上是空的。新修的山门加上了电动门栅,半关闭,留一道只容一人挤进的缝隙。电动门两侧的矮墙,左侧的更确切说是门柱或者门墩,其上青砖砌的飞檐小阁,大约是灯台。墙边一联:归元之路。右侧墙宽,墙头琉璃瓦罩着墙壁上飞天壁画,墙边也有一联:入圣之门。

新修的赐儿寺的寺门在远处的高坡上像一尊打坐的僧。一对石狮子,不是坐骑,就是看守佛印的牲灵。门楣上三个隶书大字"阴鸷寺",气势地看着来人,它背后左侧的佛塔天尊一样伫立,威严肃穆。

寺院里许多新的建筑都眯着眼光陌生地打量,就连那年我躲雨的禅房,房顶也加了一些佛门装饰。门都掩着,门前有人砍柴,也是脸面的陌生和不屑。与前年来的气氛已大不同,有些大户人家的气派在里头了。前年来时寺内忙碌的多是居士,男女都有,对香客很是关照。

阴鸷还是阴鸷,已不是去年的记忆。更多的,是无法言语的荒芜蔓延着。

时间啊,一块磨刀石。什么消逝?什么重生?什么无声无息?什么飞短流长?

那写着"南无阿弥陀佛"、"南无观世音菩萨"的照壁,那新建的佛塔,新塑的佛像,正在修建的八角亭……无一不展示着赐儿寺旧貌换新颜的风采。但是,我所寻觅的,我梦中的壁画,一块被几百年的风雨侵蚀的汉檐宋瓦,它总是在磨疼我的安然。我寻找着我的足迹,昔日的洞窟。地藏殿、弥勒殿、文昌殿、观音殿、送子娘娘庙、新增的财神殿、百子嬉戏图窟……我一一去过了。洞窟还是洞窟,壁画还是壁画,却不是前年我看到的几百年前的壁画,砖瓦还是砖瓦,檐角还是檐角,早不是那块我捡起来端详,又轻轻放在一个角落里的汉檐宋瓦。我后悔当时没有带走,我曾萌想来着,行窃一块可能是汉代,也可能是北宋的瓦,但是我没有做。那是属于这座寺庙的财富,任何人没有权利带走。但是却被遗弃了!那些壁画,那汉檐宋瓦,只在我的记忆里模糊的一闪,什么都过去了。我在岩壁西侧的斜坡上捡到了几片昔日莲墩的莲瓣,被荒弃在沙土里,像一滴一滴放大凝固了的眼泪。楼阁角落的铁钟上锈迹斑驳,那是岁月行走的履痕!

在诵经堂遇到了昌改师父,从他口中得知,寺庙在修葺过程中,将原来的壁画全部铲除,在旧岩体上裹了灰浆后重新描画了。他说你看新修的寺院无处不显示出佛法的光大,还留那些旧瓦残檐做什么呢?这佛塔耗资一百万,都是前来上香的善男信女布施建成的,善男信女们有佛光的庇佑,修善缘,得善果。至于阴骘寺抑或赐儿寺,从他知道就是阴骘寺,建于何年何月不得而知。

即使敬畏佛法,虔诚与佛!但今天我不是来听经讲佛的,对寺庙的翻新修建兴趣亦不大。阴骘寺历史的足印越来越浅,越来越远。

之前我所得到的一种无法考证的说法是:阴骘寺始建于北宋,或者更早的东汉。一位云游僧行至此处,见山上灵光闪耀,疑是佛光,便在此山凿洞窟,建佛塔,塑佛身,弘扬佛法。最早能见证佛塔的是一块石碑,上刻:山丹县文物保护单位,赐儿寺砖塔石窟,山丹县政府一九八九年八月十九日立。

因何阴骘寺?昌改师父说,阴骘既功德。佛劝世人向善,做善事,结

善缘,修得功德惠儿孙。

且看那送子观音殿上一副对联:"我费劲婆心抱个孩儿付汝,你须作百般好事留些阴骘与他。"民间因阴骘寺的送子观音娘娘求必灵验又称阴骘寺为赐儿寺。相传汉武年间,有本地县令,为官一任政绩平平,讨了三房老婆生了三个千金小姐,均没有生下子嗣。县令为没有生下儿子茶饭不思,不理政务。有衙役举荐一术士,为其卜卦。术士称他命中无子,此乃定数。县令百般求助,术士为其出主意:何不去新开阴骘寺求送子观音?县令便携众夫人前往阴骘寺拜佛,在观音像前许愿:若得一子,尽其所能为百姓造福,保一方平安。翌年,三太太果然喜得贵子。县令喜出望外,前往阴骘寺进香还愿,并命此山赐儿山,此寺赐儿寺。从此,在农历三月十八这日,前来求子的夫妻结伴双双来到赐儿寺,在送子观音殿前进香许愿,求观音赐子。遂了心愿的夫妻,得子后即来赐儿寺还愿,因此赐儿寺声名大振,香火不绝。还有传说,赐儿寺求子必应,也是清康熙皇帝西征路经此处验证过的说法。

四寂无声,山脚下的岸湾里,两名僧人和一位居士在栽种植被。其中的一位是寺内住持昌正师父。据昌改师父讲,昌正师父是本地人,四十几岁那年突然佛心萌动,辞了工作别家舍子来到阴骘寺。这叫我想起了李叔同,长亭一别,只把凡尘做隔世,半生清苦云游僧。也许这就是所说的命中注定?清风送过一阵一阵的佛铃,仿佛天籁的佛音穿透了厚重的时光之壁,娓娓诵吟。道边刻着"缘"的圆青石,恍然坐化的僧。

我突然对此行的目的不想再深究下去,收住了溯源的念头。来处来,去处去。缘分如此,不必强求。

我在寺内杨树林小坐,石磨盘的小桌,波澜一样的磨纹,洞穿上下的磨眼,是一颗独具的慧心。这是一片新栽的树林,两三年光景,树苗刚有了树木的形态,郁郁葱葱,绿意盎然,林影摇曳。让我想起四川乐山大佛弥勒殿旁那片竹林了。有些君子谦谦的韵味在里头。

不知来自何处的一股山泉穿越寺庙顺山脚下轰响而去。我穿过树林顺着沟沿上溯的时候，不觉出了寺庙。一道少有足迹的小道引着我走出林地，岸湾下是一座矮墙和灌木围圈起来的果园，红彤彤的秋果高高悬在枝头，苹果梨泛红着半边脸，黄中嫣红的花红果正是成熟的时节，沙枣渐次透出鹅黄。

湿润果香和草叶气息飘荡在秋日下午的宁静，有些寂寥。我有些失神！这自然不是西厢的普救寺，不是梨园深深的西厢。

地势起伏，坡下是犁过的田地，坡上的草木有些泛黄。那股山泉水是从南面的山坡环绕而来的，沿沟的斜坡上一匹灰骡在吃草，一会儿过来了一头黑驴，两头牲畜交颈撕咬。等我趔过一道坡再看它们时，只剩下吃草的灰骡了。它原来是被一道缰绳钉在水沟旁的坡上。

赐儿山。褐红的砂石在西斜的日光下呈现出色彩的绚烂，背光的山顶上一团一团光晕忽而闪现忽而隐没，恍惚当年云游僧所见的佛光。而一座突起的岩体恍然就是一尊随心落座的佛。几块巨石，是从山顶滚落下来的，是打坐的莲墩，抑或是佛尊坐骑的坐化。

天色渐渐暗下来。一块云彩从旁边的山梁上飘下来，向山坡下的村庄缓缓移动，是归圈的羊群。漫过山卯来的是《送王哥》的歌声："我送王哥红柳坡，红柳坡，红柳坡上红柳多……我送王哥石头坡，石头坡，石头坡上石头多……"随着歌声从山梁翻下一个人，两手抱着臂膀，一侧臂弯里夹着牧羊鞭，满脸是舒展和惬意，旁若无人沉浸的样子，连他必经的站在一块巨石侧观他的我也没有发觉，径直下去了，牧羊鞭梢的红绳绳一扭一扭，像一只快乐的小鸽子。

之后的寂静，蚂蚱磨翅的"唦唦"，是另一番诵经韵声。

夕阳木鱼，晚钟黄昏。不远处，薄霭里的赐儿寺炊烟袅袅。

蓦地想起一个晌午，有一年大佛寺庙会的树林里，一群青海人在庙会上对花儿：

第四辑 四处遐想

117

哎……呦!

想哩,想哩,想你哩

见不上面面着心碎哩

前门里见你着门闩着哩

后门里见你着狗占(咬)着哩

哎……呦!

想哩,想哩,想你哩

肝花肠肠着想断了哩

擀面杖擀面着捣着了火哩

炕洞烟迷眼着泪花花闪哩